約會大作戰 2 手偶女四糸乃
DATE A LIVE Puppet YOSHINO

「什……士……士道！」
精靈——十香

「你不喜歡嗎？」
士道的同班同學——鳶一折紙

「…………」
第二精靈──四糸乃
「──！」
高中生──五河士道

「沒想到你居然在跟女生卿卿我我，
這是怎麼回事呀！」
「──士道，緊急狀況唷！」
〈拉塔托斯克〉司令官──五河琴里

「呀……………………！」

「捕捉到目標。
開始執行識別名〈隱居者〉的殲滅作戰。」

CONTENTS

約會大作戰

手偶女四糸乃

橘 公司
Koushi Tachibana

Kadokawa Fantastic Novels

封面・內文插畫　つなこ

精靈
THE SPIRIT
存在於鄰界，被指定為特殊災害的生命體。發生原因、存在理由皆為不明。
現身在這個世界時，會引發空間震，給周圍帶來莫大的災害。
再者，其戰鬥能力相當強大。
處置方法1
WAYS OF COPING 1
以武力殲滅精靈。
但是如同上文所述，精靈擁有極高的戰鬥能力，所以這個方法相當難以實現。
處置方法2
WAYS OF COPING 2
——與精靈約會，使她迷戀上自己。
手偶女四糸乃
Puppet YOSHINO
SpiritNo.4
AstralDress-HermitType Weapon-PuppetType[Zadkiel]

序章 嶄新的日常生活

「士道！我做好一種名為『餅乾』的食物囉！」

長及腰間的漆黑長髮隨風飄揚。

宛如水晶般的眼睛閃閃發亮。

美到不切實際的少女興奮地說完這句話以後，便將拿在手中的容器迅速地遞到士道眼前。

被對方的氣勢所震懾的五河士道轉過身來，呼喚少女的名字。

「十……十香……」

「嗯？什麼？」

露出彷彿是背景開滿五彩繽紛小花般的無憂無慮笑容，少女——夜刀神十香如此說道。

「……不，那個……」

雖然有很多話想說，但是面對那個過於耀眼的笑容，士道最後還是一句話都說不出來。

十香以疑惑的眼神看著士道的模樣，然後打開容器。

「算了，那些事情不重要。士道。你看這個！」

容器裡放著形狀扭曲、處處焦黑，完全稱不上是「餅乾」的物體。

士道與十香雖然是同班同學，但是為了「讓每個人都能充分參與作業流程」這個理由……所以在烹飪實習課程中，實驗性地將少數人分在一組上課。

總而言之，今天是只有女生才需要上烹飪實習課的日子。

「這是……？」

「嗯，在大家的教導之下，我完成了揉製麵團的工作唷！吃吃看吧！」

說完後，十香再次露出滿面笑容。

「…………」

士道感覺到一股難以形容的惡寒竄上背脊。

與十香所做的餅乾好不好吃這個問題無關。

而是單純地因為——教室裡，男生們紛紛對自己投以怨恨眼神的緣故。

但是，那也是相當合乎常理的事情。

光是「收到女生親手製作的手工餅乾」這件事情，就足以成為其他男生們嫉妒的目標。

更何況送禮的人可是自從轉學過來之後，（據說）名次立即在「最想與她交往的女子排行榜」中不斷攀升的那位夜刀神十香。

就連待在身旁、距離自己最近的友人——殿町宏人也露出空洞眼神，不斷地呢喃：「Fuck…

Fuck……Fuuuuck……去死吧五河！你一個人去死吧！」

「怎麼了，士道？你不吃嗎？」

「呃……不……不是……那個……」

聽見臉頰不斷抽搐的士道說出這句話，十香有點失望地垂下肩膀。

「嗯……是嗎。因為士道的廚藝比我還要好呀……」

「不……不是這樣的！我……我開動囉！」

士道下定決心後，從容器裡拿了一塊餅乾。

然後，慢慢地將那塊餅乾送進嘴——

「……！」

就在此時，某種看似銀色子彈的東西一直線地掠過眼前。

那個東西應該是從走廊的方向發射而來，在粉碎了士道拿在手中的餅乾之後，直接貫穿進牆壁中。

「什……什麼……！」

這個突發狀況讓士道在瞬間變得全身僵硬，緊接著大叫出聲。

他將視線沿著銀色軌跡的前端望去，看見一支叉子刺進牆壁之中，握柄發出「嗶咿咿咿嗯……」的聲音並且不斷晃動著。款式簡單，應該是烹飪教室的器材。

「唔，是誰！這樣很危險呀！」

十香大叫出聲，轉頭看向走廊。猶如在模仿她的動作般，士道也看往那個方向。

「…………」

一名彷彿剛剛才扔出某種東西、右手伸得直直的少女，沉默不語地佇立在那個地方。

幾乎觸及肩膀的頭髮，以及白皙的肌膚。儘管容貌長得非常端正，但是臉上卻看不出任何表情，因此少女總是給人猶如洋娃娃般沒有生命的冰冷印象。

「鳶……鳶一？」

「唔！」

士道的臉頰流下汗水；十香則是不悅地皺起眉頭。

少女——鳶一折紙凝視著兩人慢慢地走過來。

接下來，在抵達士道的前方之後，鳶一打開用左手拿著的容器的蓋子，然後做出十香剛剛才做過的舉動——將盒子遞給士道。

「不需要吃夜刀神十香所做的那種東西。如果要吃，就吃這個吧。」

盒子裡整整齊齊地排列著猶如經過工廠生產線所製造，被完美統一規格的餅乾。

「那……那個……」

「別來礙事！士道要吃我做的餅乾！」

就在士道煩惱著不知道該如何回應時，十香怒氣沖沖地大叫出聲。

但是折紙卻毫不畏懼，甚至面不改色地開口說話：

「礙事的人是妳，快點離開。」

「妳在說什麼呀！明明是妳比較晚到，還敢說大話！」

「跟前後順序沒有關係。不可以讓他攝取妳所做的餅乾。」

「妳……妳說什麼！」

「妳的手部清潔做得不夠徹底。再者，烹飪的時候，妳還被飄起來的麵粉嗆到，因此打了三次噴嚏。這實在是非常不衛生。」

「什……！」

彷彿遭遇敵人的奇襲般，十香睜大了雙眼。

不知道什麼緣故，在折紙說出這句話的瞬間，周圍的男同學們突然一陣騷動，然後將眼神集中在十香的餅乾上。

但是，十香似乎沒有察覺到這陣騷動，只是發出「咕嗚嗚……」的聲音並且握緊拳頭。

「士……士道很強，所以這種程度的東西根本不足為懼！」

「妳的說法缺乏明確的因果關係——而且，妳搞錯材料的份量了。所以我不認為妳有按照食譜完成這道料理。」

「……！」

折紙說完後，十香皺起眉頭，交互看著自己以及折紙的餅乾。

「為……為什麼不當場跟我說呢！」

「我沒有糾正妳的義務——總而言之，只有我的餅乾才能夠滿足他的味蕾，這是顯而易見的事實。」

「囉……囉唆！妳的餅乾怎麼可能會好吃啊！」

十香如此大聲吼叫，然後以迅雷不及掩耳的速度從折紙的容器中取出一塊餅乾，放進自己的嘴巴裡。

接著大口咀嚼——

「嗚啊……！」

臉頰染上櫻花色的十香露出陶醉的表情。看起來，味道應該相當美味。

但是，十香立即回過神來，用力地左右搖頭。

「哼……哼，這也沒什麼了不起！既然如此，一定是我的餅乾比較好吃唷！」

「那是不可能的。妳還是乾乾脆脆地認輸吧。」

「妳說什麼！」

「什麼？」

「冷……冷靜一點呀，妳們兩個！」

如果放任不管，兩人很有可能會打起來。士道擠到兩人中間，說出「好了、好了」等話語來安撫她們的情緒，並且拉開兩人的距離。

「嗯……那麼，士道想吃誰做的餅乾呢？」

「咦？」

冷不防地被問到這個問題，士道不禁發出錯愕的聲音。

十香與折紙同時從左右兩方，將裝有餅乾的容器遞到眼前。

「吃吧，士道！」

「…………」

被十香與折紙兩人以如同針刺般的眼神盯著，士道滿臉冒汗，往後退了一步。

……總覺得不管吃哪一方的餅乾，結果都會被殺掉吧？

士道遵循自己生存本能的指示，用雙手從兩個容器裡取出餅乾，然後同時放進嘴巴裡。

「嗯……嗯，好好吃唷！兩個都好吃！」

十香與折紙一直注視著士道的反應，然後……

「嗯，他在吃我的餅乾時，速度稍微快一點點吶！」

「我比妳快了〇．〇二秒。」

兩人幾乎同時開口說話。

「…………」

「…………」

然後，默默地轉頭互視。

「……那個……」

這種氛圍在今天已經不是第一次出現了。

懷抱著近乎死心的心情，士道再次將身體擋在兩人之間。

然後就在這個瞬間，雙方不出所料地以驚人的速度互相瞄準對方的要害，揮出拳頭——最後打中擋在兩人之間的可憐男子的頭部與腹部。

第一章 Mission：【一個屋簷下】

「……唉……」

士道深深地、重重地嘆了一口氣。

踩著與腰腿癱軟的老爺爺相似的步伐，走在夕陽漸沉的住宅街道上。

臉上布滿疲憊的神情，不知何故，就連幾乎快要覆蓋眼睛的瀏海也變得毫無光澤。

雖然年齡只有十六歲……實際上，外表看起來卻好像比真實年齡老了幾歲。

但是，這也是理所當然的事情呀！

「……唉。」

他再次嘆息。

結果在那之後，十香與折紙起爭執，然後再由士道介入協調的事情依舊不斷發生。

而且，雙方之間的戰爭並不是從今天才開始。

自從上個月十香轉學到士道所就讀的都立來禪高中以來，兩人每天都會像這樣互相較勁。

——但是，如果僅止於普通女子高中生們的口頭吵架，士道或許就不會操勞到這麼嚴重的地

步吧。

「…………」

士道回憶起上個月所看見的十香與折紙的身影。

一方是被稱為摧毀世界的災難——「精靈」。

一方是陸上自衛隊・對抗精靈部隊（Anti Spirit Team）的巫師（wizard）。

雙方都是遠遠超越人類領域、擁有異常超能力的少女。

姑且還算是普通人的士道，必須擋在這樣的兩人之間勸架。肉體的疲勞就不用說了，就連精神性的疲勞也已經累積到非比尋常的程度。

「真是的，那兩個人就不能相處得融洽一點嗎……」

話才剛說出口，士道就因為自己說出這句蠢話的緣故，胡亂地搔了搔頭。

一個月前，兩個人總是拚命地想要奪取對方性命。這種說法可是一點兒都不誇張。

由於現在在十香的身上已經找不到精靈的反應，所以折紙並不會以ＡＳＴ的身分狙擊她的性命——雖然「司令」曾經說過這句話，但是……果然兩人還是無法輕易地和平相處，這也是理所當然的事情。

不過……如果再這樣下去，士道根本無法保全自身的安危。

就在士道打算吐出至今為止最為無奈的嘆息時——

「嗯……？」

他不自覺地抬起頭。

突然，「滴答」一聲，士道感覺到有冰冷的物體滴在脖子上。

「……嗚啊！」

嘟囔一聲之後，士道皺起眉頭。

不知從何時開始，天空已經烏雲密布。

「要下雨了嗎？喂、喂，氣象預報明明說是晴天啊！」

士道開始埋怨最近準確率非常低的氣象預報士。

然後，在簡直就像是事先計畫好的時機點上，滴答、滴答，柏油路開始出現大顆雨滴落下的水漬痕跡。

「哎呀呀……」

他慌張地將拿在手中的書包抵在頭頂，以小跑步的速度趕回家。

但是，大雨彷彿就像是在嘲笑這樣的士道般，雨勢突然變得更大了。

「喂、喂，真的假的……」

因為感受到制服被淋濕的冰冷觸感，士道不悅地皺眉。

哎呀，對於在父母出差的期間內一手包辦所有家事的士道而言，比起「衣服黏在身上，真是

不舒服啊」、「萬一感冒就不好了」等想法，士道反而比較擔心「如果晾在房間裡的話，明天西裝外套會乾嗎？」這種家庭主婦該有的煩惱。

盡量避免衣服被淋濕。士道一邊做著無謂的努力，一邊奔跑在回家的路上。

但是，當士道到三叉路口往右轉的時候……

「啊……？」

就在下個不停的雨勢中，士道突然停下腳步。

不是跑到腳痠，也不是因為出現「乾脆淋濕算了啦」這種聽天由命的想法。

只是因為——在前方……

出現了比從天而降的水珠，更令人在意的東西。

「女——孩子……？」

從士道的嘴唇交織出這句話來。

沒錯，那是一名少女。

穿著可愛而且設計別出心裁的外套，一個嬌小的身影。

看不見長相。正確來說，那是因為裝飾著兔耳的大件斗篷，完完全全地蓋住她的頭的緣故。

然後，最特別的是，她的左手。

左手上戴著一隻看起來相當滑稽的兔子形狀手偶。

那名少女在空無一人的街道上，相當愉快地跳來跳去。

「什麼……？」

士道皺起眉頭，凝視著那名少女。

腦海中浮現問號。

那個問號並不是「為什麼那名少女沒有撐傘並且在雨中蹦蹦跳跳」。

——「為什麼」？

為什麼自己的眼睛離不開那名少女？

閃過腦海中的是這個疑問。

對方的打扮確實相當引人注目。

但是——不一樣。並不是那個原因。

雖然無法用三言兩語解釋清楚，但是……士道的腦海中卻充滿著不自然感。

不可思議的感覺。之前……而且還是最近這段時間，似乎也曾經有過相同的感覺。

「…………」

已經忘卻大雨的寒冷，以及衣服被淋濕所帶來的不適感。

只是專心一志地凝視著在冰冷的雨滴簾幕中輕盈跳舞的少女——

——滑倒了啊啊啊啊啊啊！

「啊……？」

驚訝地睜大眼睛。

……女孩跌倒了。

臉部與腹部重重地摔往地面，四周濺起一陣水花。順帶一提，手偶也從她的左手上脫落並且飛往前方。

然後，保持俯臥的姿勢，一動也不動。

「……喂……喂！」

士道慌慌張張地跑過去，抱起那個嬌小的身軀，幫助她改變成仰躺的姿勢。

「沒……沒事吧？喂！」

此時才終於看清楚少女的容貌。

年齡看起來大約與士道的妹妹——琴里差不多吧？輕飄飄的頭髮如同海水般湛藍。柔軟的嘴唇是櫻花色的。是一名長得很像法國娃娃的美麗少女。

「……！」

然後，少女睜開眼。露出裝飾著長長睫毛、猶如藍寶石般的眼睛。

「啊啊……太好了。妳沒受傷吧？」

士道說完後，少女臉色變得蒼白、目光閃爍不定，然後就像是要逃離士道手中般跳了起來。

接著，拉開一段距離之後，全身上下開始微微顫抖，以恐懼的眼神看向士道。

「……那個……」

哎呀，雖然是為了幫助她，不過突然觸摸對方的身體也算是一種輕率的舉動吧……話雖如此，士道還是覺得有點受到打擊。

「那……那是因為啊，我——」

「……！請……不要……靠近……我……！」

「咦？」

當士道往前邁進一步時，少女表現出膽怯的模樣如此說道。

「請……不要……傷害我……」

接下來，少女又說出這句話。

似乎是害怕士道會對自己加以危害。那副模樣就好像是不停發抖的小動物般。

「那個……」

然後，不知該如何應對的士道發現了掉在地面上的手偶。

應該是剛剛從少女手中滑落的吧？他慢慢彎下腰撿起那個東西，接著拿到少女眼前。

「這是……妳的嗎？」

「……！」

於是，少女睜大眼睛，做出想要靠近士道的動作——但是就在這個時候，少女停下腳步。

少女的臉上流露出「雖然想要拿回手偶，卻又害怕靠近士道」的表情，焦躁不安地評估著適當的時機。

看見少女的這副模樣，士道露出苦笑，然後朝著少女的方向伸出拿著手偶的那隻手，並且維持這個姿勢緩緩地靠近少女。

「……！」

少女的肩膀顫抖了一下——不過，或許是明白士道的用意，少女也拖著腳步慢慢靠近他。

接著，從士道手上搶走手偶，然後立刻將手偶戴上左手。

接下來，在少女的操控下，手偶的嘴巴突然開始動起來了。

「哈囉～不好意思呀，大哥哥。你真是幫了個大忙呢～」

或許是腹語術的關係，兔子發出奇特而尖銳的聲音。

士道歪著頭，驚訝地看著少女的臉……不過，彷彿是要刻意打斷士道與少女之間的互動般，兔子手偶繼續說話了。

「——嗯，那個呀～你出手相救時，似乎摸到四糸奈身體的許多部位，感覺怎樣呢？老實說，感覺怎樣呢？」

「什……什麼……？」

手偶搖晃著身體，表現出哈哈大笑的舉動。

「你騙不了我的～這個色狼，居然還裝傻呀！……哎呀，不過你確實有將我們扶起來，所以那就算是送給你的特．別．服．務．吧！」

「……啊……啊啊，是嗎……」

露出苦笑，士道回應手偶的話。

「嗯，掰掰。謝謝你了～」

然後，就在手偶說出這句話的同時，少女便轉身跑走了。

「啊——喂！」

即使士道出聲叫喚，少女也沒有任何回應。

她就這樣在轉角轉彎，沒多久就消失得無影無蹤。

「那到底是怎麼回事啊……」

佇立在原地的士道驚訝地目送那名奇妙少女的背影，數秒之後，才搔著臉頰說出這句話。

「……啊！」

然後，察覺到一件事情。

由於剛剛注意力都放在少女身上，所以才沒有發現——士道全身上下已經全部溼透了。

順帶一提，因為膝蓋跪在地面上，所以褲子被弄髒一大片。

「嗚啊～真是的……」

他一邊思考著「家裡還有去污劑嗎？」這種問題，一邊胡亂搔著頭髮。彈離頭髮的水珠往周圍飛濺。

既然已經溼到這種地步，那也無可奈何了。士道將憂鬱的心情轉換成嘆息聲並且將它留在原地，然後踏上回家的道路。

「啊……全身溼透了。」

一邊發牢騷一邊走路，經過幾分鐘後……

「……嗯？」

抵達自家前方，在玄關用鑰匙開門的士道輕輕皺眉。

他握住門把，試著直接拉開門。

不出所料，理應在外出時就被上鎖的大門，毫不抵抗地被開啟了。

「——琴里那個傢伙，終於回來了嗎？」

嘆了一口氣，士道稍稍板起臉孔。

士道的妹妹——五河琴里，是一名就讀於附近國中的十三歲國中二年級學生。

然後，同時也是利用和平的手段讓精靈失去能力的組織——〈拉塔托斯克機構〉之司令官。

因為忙著處理保護名為「十香」的那名精靈的後續事宜，妹妹從上個月開始就沒有再踏入家門一步。想起她的臉，士道說了一句「真是的」，並且嘆了一口氣。
雖然明白十香的事情讓她變得很忙碌，但是士道無法饒恕她擅自在外過夜的事情。她似乎都有到學校上學……但是，士道還是必須以哥哥的身分唸她幾句才行。
「而且──」
咕嚕一聲，士道嚥下一口口水。
士道還有許多堆積如山的問題想要詢問琴里。
一個月前，士道親身體驗到許多令人難以置信的現象。
琴里與那些事情的關係甚大。
「……」
明明只是要與妹妹見面而已，心跳聲卻變得越來越激烈。
士道下定決心，「嘿！」地大叫一聲並且打了自己一記耳光，然後才踏進家門。
「──我回來了。」
脫掉被雨淋得濕答答的鞋子與襪子，捲起褲管，然後吧嗒吧嗒地在木質地板上印下足跡。
從走廊的前方傳來電視的聲響。琴里一定在客廳吧。
士道改變前進方向，開始往浴室的方向移動。
反正自己這種落湯雞的狀態根本無法與對方商量事情。所以還不如先擦乾身體、換好衣服，然後再到客廳去。這樣應該會比較好吧。

士道用單手拿著書包與襪子，按照平常的習慣打開更衣室的門。

然後……

「————！」

一瞬間，士道僵直在原地。

——更衣室裡，出現一名不該出現在此地的少女。

覆蓋背部的漆黑長髮，以及猶如水晶般的眼睛。

即使在形容詞的前方添加十個「絕世的」字詞，也不足以代表她十分之一的美麗。對方就是散發出如此具有壓倒性存在感的美少女。

像那樣的少女，在士道的記憶裡只有一個人符合這項條件。

摧毀世界的災難——精靈——以及，都立來禪高中二年四班，座號三十五號。

眼前的人正是夜刀神十香。

——而且她的身體，一絲不掛。

「十……十香……？」

士道目瞪口呆地喃喃自語。

看到對方足以稱之為藝術的美麗肢體之後，士道的視網膜、視神經、腦細胞皆在瞬間受到震撼、發熱、爆裂！

剛好可以一手覆蓋的乳房、緊緻的彎曲腰線、看似柔軟的臀部。那是一具能讓世間的平凡少女都拋開嫉妒與羨慕並且懷抱崇敬的意念，既有魅力又帶點神祕感的裸體。

「……！」

終於，十香的肩膀顫抖了一下，然後轉頭看向這邊。

「什……士……士道！」

「啊，不對……妳……妳誤會了……！這是因為──」

雖然不明白對方到底「誤會」了什麼，不過士道的嘴巴還是下意識地說出這句話。

「夠……夠了，快點出去……！」

「咕嗚……！」

士道的胸口挨了一記漂亮的右直拳後直接倒向後方，最後以背部靠著牆，屁股黏在地板的姿勢跌倒在地。

沒有絲毫耽擱，「碰！」更衣室的大門被緊緊關上了。

「──咳、咳……那……那個傢伙，一點都沒有手下留情……」

士道一邊咳嗽一邊說完這段話後，在腦海中稍微修正說法。

其實如果十香真的用盡全力打出這一拳，士道的身體早就變成方便收納、可以上下分解的兩件式零件了。

胸口的痛楚，以及侵襲腦內與視網膜的肉色衝擊漸漸消散——心臟總算恢復正常。

然後，更衣室的門微微開啟，滿臉通紅的十香探出頭來。

「……你看到了嗎，士道？」

「……！」

士道對著不斷凝視著自己的十香左右搖頭。

……事實上，士道稍微看到了。但是如果呆呆地老實回答這個問題，這次身體可能就會變成可以收進行李箱的形狀了。

似乎是接受了這個答案，「嗯……」十香低聲嘟囔了一聲，然後將門全部打開。

當然，十香已經穿上衣服。

不過，她身上的衣服卻不是常見的制服，而是士道常穿的家居服。可能是琴里借給她的吧？因為尺寸過大的緣故，所以可以隱隱約約從領口看見鎖骨，這副景色讓人覺得莫名地情色。

因此士道覺得有點困擾，不知道自己該看哪個地方。

不過，現在不是在意這種小事的場合。士道將手指指向十香，大叫出聲：

「為……為什麼妳會在我家呀？十香……！」

但是，十香卻好像不明白士道的意思，歪著頭：

「什麼？你妹妹沒有告訴你嗎？好像要進行什麼訓練之類的，所以要我暫時寄居在這裡。」

若無其事地說出這些話。

「訓……訓練……？」

士道皺起眉頭，將視線投往走廊的方向。

然後直接站起身來，踩著肆無忌憚的步伐走過去，動作粗魯地打開門。

「琴里！這是怎麼回事！」

「哦？」

然後，一名坐在沙發上看電視，綁著雙馬尾的小鬼轉過頭來，並且用那雙猶如橡實般的圓滾滾眼睛看向士道。

「哦，哥哥！歡迎回家～」

「哦……哦哦，我回來了……不對啦！」

不自覺地按照平常習慣回答之後，士道用力地左右搖頭。

「是妳帶十香回家的嗎……？她所說的『訓練』到底是什麼啊……！」

「哎呀哎呀，冷靜點、冷靜點～」

「怎麼有辦法冷靜啊！為……為什麼十香會在我們家裡……？我記得她今天應該如同往常，跟令音一起回家了啊？」

「咦？嗯……那件事情呀——」

琴里豎起一根手指，指往廚房的方向。

「啊……？」

士道看向琴里所指示的方向——再次僵直在原地。

「……啊啊，打擾了。」

對方如此說道。

隔開廚房與客廳的餐桌旁，有一名滿臉睡意的女性正將好幾塊砂糖加進冒著熱氣的杯子裡。

——村雨令音。〈拉塔托斯克〉的分析官兼士道班上的副導師。

順帶一提，她現在穿在身上的衣服並不是平時常見的軍服或白色長大衣，而是士道母親的睡衣，脖子還掛著毛巾。或許是心理作用，不過她的頭髮看起來似乎有些溼潤。

「令……令音？妳在做什麼……？」

「……嗯？」

令音短暫地思考士道的問題之後，搔了搔後腦杓。

「……啊啊，抱歉。砂糖用太多了嗎？」

「不……不是那個問題！」

忍不住大叫出聲。

確實，被放進杯子裡的方糖數量已經多到讓人不禁擔心起令音的血糖值是否正常，但是那並不是重點。

輕拍胸口讓心跳趨於緩和之後，士道才繼續說道：

「究竟是怎麼回事？十香現在不是住在〈佛拉克西納斯〉嗎？」

受到〈拉塔托斯克〉保護的十香，目前居住在〈佛拉克西納斯〉內部的隔離區，而且每天都會從那裡前往學校上學。

雖說力量已經被封印，但是她曾經是被稱為「摧毀世界的災難」精靈。

為了萬一發生意外時，能立即採取應對措施以及有效率地進行定期檢查，所以才會將她的房間設置在施加強大封印的隔離區內。

因此，每當放學後，十香就會跟著令音回到〈佛拉克西納斯〉……

「……啊啊，是呀。必須先解釋清楚才行吶。」

令音一邊揉了揉帶著明顯黑眼圈的眼睛，一邊出聲說道。

「……不過呢，在那之前……」

「在那之前……？」

「……你最好先換件衣服吧？地板都濕了唷。」

被人提醒後，士道發出「啊」一聲簡短的聲音。

◇

「……所以？這到底是怎麼回事？」

更換上家居服的士道看向坐在桌子對面的琴里與令音。

現在三人的所在位置，是位於五河家二樓的琴里房間。

六疊大小的空間裡擺放了粉色系的衣櫃與床鋪，房間四處則是擁擠地排滿夢幻風格的各種小東西與布偶。

原本打算在客廳商量這件事，但是據說有一些話不能讓十香聽見，所以才移動到這個場所。

順帶一提，十香正待在客廳裡，入迷地觀賞重播動畫。總而言之，至少有二十分鐘左右的時間，她會乖乖地待在原地吧。

「那個呀～」

琴里用手指輕輕抵住柔軟臉頰。

「從今天開始，十香要暫時住在我們家！」

然後，挺起胸膛，露出一個天真無邪的笑容。

「所以，我要問的就是為什麼事情會變成這個樣子啊啊啊啊啊啊！」

「……哎呀，冷靜一點，士太郎。」
就在士道大聲吼叫的時候，令音出聲說話了。
應該算是預料之中吧？令音依舊記不住士道的名字。
「我的名字不是士太郎，是士道。」
「……啊啊，沒錯。我會更正。不好意思吶，小士。」
「………」
根本沒有更正。只是變成暱稱而已。
這種行為根本就是故意的……但是，一看見令音的呆滯表情，士道不禁懷疑她或許有可能是真的記錯名字了。
但是，士道並沒有繼續深究關於名字的事情。
「……原因大致上分成兩個理由。」
因為令音以平靜的聲音開始說話了。
「……第一個是——十香的後續照顧啊。」
「後續照顧……妳的意思是？」
「……小士。上個月，你藉由接吻的方式封印了十香的力量，對吧？」
「……是……是的……」

士道輕輕點頭。

同時，嘴唇再次回憶起那個時候的觸感，士道的臉頰因此變得微紅。

「啊～哥哥臉紅了～好可愛～」

「囉……囉唆！」

琴里似乎打從心底覺得有趣，愉快地如此說道。士道難為情地移開視線。

「……哎呀，如果事情僅只於此，那倒是無所謂。但是，現在出現了一個問題吶……如今，小士跟十香之間，正處於藉由一條肉眼看不見的線路將兩人聯繫在一起的狀態。」

「線路？什麼意思？」

「……簡單來說，一旦十香的精神狀態變得不穩定，封印在你體內的精靈力量恐怕會產生逆流的問題。」

「什……！」

士道害怕到全身僵硬。

——被封印的十香的……精靈的力量……會逆流……？

意思是十香將會再次擁有那種揮舞一刀就能斬天劈地的力量嗎？

如果真是如此——那可會釀成光是想像就會讓人心驚膽戰的事態啊。

「如你所知，十香現在居住在〈佛拉克西納斯〉的隔離區。」

無法確定士道的驚慌是否被看穿，令音以平靜的語氣繼續說道：

「……十香的精神狀態一直被監控著……當她待在〈佛拉克西納斯〉時，似乎比待在學校時更容易累積壓力值。」

「是……是嗎？」

「……沒錯，而且，她似乎也不喜歡一天兩次的定期檢查。雖然現在還在容許範圍內，不過如果就這樣置之不理的話，也並非長久之計。所以才會這麼做。」

令音豎起手指抵在下巴。

「……檢查結果都是呈現安定的狀態，所以我們認為差不多是時候將十香的住處搬遷到外面的世界了。」

「是……是嗎……原來是這樣。」

「……嗯。因此，在精靈專用的特設住宅完成之前，我們決定讓十香暫時住在這個家裡。」

「Please, wait.」

士道用右手扶住額頭，臉頰不斷抽搐。

「……怎麼了嗎？」

「為……為什麼會選擇我家呢？」

士道提出疑問後，令音輕輕嘟囔一聲。

「……哎呀，簡單來說。只要跟你在一起，十香就能保持最安定的狀態唷。」

「咦……！」

突然聽見這句話，讓士道不禁屏住呼吸。

「……反過來說，除了你以外的人類，目前還沒有人能獲得十香的信任呀。雖然相較之下，我跟琴里與她見面的機會比較多——不過呢……我們想先將十香安置在安全性高一點的場所，希望藉機測試她是否能適應這種生活。」

「……嗯……」

額頭布滿汗水的士道低聲呻吟。

的確，在聽完說明之後，士道總算明白了箇中道理。

而且——哎呀，自己其實也不討厭「十香信任自己」這件事情……

不過，士道彷彿重新思考般地輕輕搖頭。這可不是輕而易舉就能取得許可的小問題。彷彿要打破沙鍋問到底，士道再次對令音提出疑問。

「所以……另一個理由是什麼呢？」

「……啊啊，這更加簡單明瞭——小士，那就是為了訓練你唷。」

「……！」

方才更換衣服前，就已經有人說過的字詞再次出現。

訓練。士道對這個單字擁有不好的回憶。

「話說回來，剛剛也有聽到這件事情……不過，已經不需要再進行訓練了吧？」

「……嗯？為什麼呢？」

「妳問為什麼……因為，精靈的力量已經被封印了……」

士道說完後，令音搖搖晃晃地左右搖頭。

「……有人說過精靈只有十香一個人嗎？」

「咦……？那是……什麼意思……」

「……就是我所說的那個意思呀。引起空間震的特殊災害指定生物——通稱精靈，並不是只有十香一個人而已。即使是現階段，也已經確認除了她以外，尚有數種精靈存在。」

「什——！」

士道的心臟突然一陣糾結。

——精靈，並不是只有十香一個人而已？

該說是緊張還是恐懼呢？一股難以言喻的感情在胃底劇烈打轉，接著流竄到全身，震動手腳的指尖。

但是，令音卻不理睬已經全身僵硬的士道，繼續說下去：

「……小士，我們想讓你繼續擔任與精靈對話的角色。為了這個理由，所以需要繼續進行訓練。」

「……別……別開玩笑——」

然後，就在士道用手拍打膝蓋，大叫出聲的那個瞬間……

「——哼？」

從剛剛開始就一直安靜地聽著雙方對話的琴里，發出微小的聲音。

不知從何時開始，原本綁在頭髮上的兩條緞帶的顏色，已經由白色轉換成黑色。

「——！」

……士道記得這副景象。現在的琴里已經切換成司令官模式了。

「你不願意嗎？士道——你的意思是你已經厭倦與精靈約會並且讓她迷戀上你了嗎？」

與剛剛的個性完全相反，現在的琴里散發出猶如大人般的成熟氛圍，對著士道如此說道。

——沒錯。

〈拉塔托斯克〉所提倡的，是和平地讓精靈失去能力的方法。

那是個每次說出口，都會讓人覺得愚蠢透頂的方法——讓士道與精靈的關係變得親密，然後將精靈的力量封印在自己身體內。

「那……那……那是當然的！」

士道如此說道。然後，琴里將身體微微後仰，抬起下巴，開口說道：

「哼——既然如此，那也沒有其他方法可以挽救了。」

「啊……？」

「只能眼睜睜看著這個世界逐漸被空間震摧毀——或者耐心地等待『精靈被AST殺掉』這種奇蹟性事件的發生。兩者之間應該會有一個結果成真吧？」

「……！」

聽見這段話，士道完全說不出話來。

士道沒有忘記。只是——再次從別人口中聽見這個事實，心臟依舊感受到一陣痛楚。

生存在被稱之為「鄰界」的異度空間中的精靈，偶爾會出現在這個世界。

那個時候，空間壁會嚴重彎曲，因此產生所謂的「空間震」現象。

規模雖然有大有小——不過只要是精靈出現的區域，都會像炸彈爆裂般被破壞得亂七八糟。

然後，將精靈視為危險的存在並且想要以武力殲滅精靈的，就是隸屬於陸上自衛隊的對抗精靈部隊（Anti Spirit Team），簡稱AST。

「在這個世界上，只有你一個人擁有『封印精靈力量』這種特殊能力唷。但是擁有力量的你卻說討厭做這種事情。所以一切都將無法挽救了，不是嗎？」

「……什……什麼嘛……那個……」

士道痛苦呻吟。

在不知不覺間被託付的重責大任。過於沉重的重量，讓士道的胃部開始絞痛。

但是——回歸最初的前提。

士道還有許多需要確認的事情。

「——琴里。」

「什麼？」

或許是已經猜測到問題的內容，琴里從容不迫地回答。

「……首先，妳能回答我的問題嗎？〈拉塔托斯克〉究竟是什麼？妳到底是什麼時候加入這個組織的？還有——我所擁有的這個力量究竟是什麼？」

沒錯，士道一直想問的，就是這些問題。

這些都是因為琴里一直沒有回家，所以遲遲無法說出口的問題。

琴里嘆了一口氣，從口袋裡取出自己最愛吃的加倍佳糖果棒，撕開包裝，啣在嘴裡，然後才開始說話：

「——是呀。現在是個好機會，我就簡單地回答這些問題吧。」

她說完後，將背部靠向後方的大靠墊。

「〈拉塔托斯克〉……是由自願參加者所組成……哎呀，可以說是一種類似自然保護團體的組織唷——當然，這個組織的存在並沒有對外公開吶。」

「保護團體……嗎？」

雖然無法理解這句話的意思，卻也猶豫著該不該因此打斷對方的發話。最後只能說句隨聲附和的話，催促對方繼續說下去。

「沒錯。然後，至於創立〈拉塔托斯克〉的理由，最大的目的就是——保護精靈，讓精靈可以過著幸福快樂的日子唷……哎呀，雖然由最高幹部們所招開的圓桌會議中，似乎也有人不懷好意，想要獲得精靈的強大力量來為所欲為。」

「啊……？不是為了防止空間震的發生嗎？」

「哎，那當然也是原因之一。不過，充其量也只不過是次要目的。如果只注重那一點，那麼我們就與ＡＳＴ沒有分別了。」

「……嗯，哎，妳說得也有道理。那麼……就算有這種組織存在，妳又是什麼時候、為什麼會當上那個組織的司令官呢？我完全都不知情啊。」

士道不悅地如此說道。

雖然不想說出「不准有事瞞著我」這種話，但是琴里隱瞞的居然是如此重大——而且還是在最壞的情況下或許會危及生命的事情。身為哥哥，當然多多少少會感到不滿。

或許是察覺到他的心情，琴里從鼻間呼出一口嘆息。

「我擔任〈拉塔托斯克〉實戰部隊的司令官的時間……大約是在五年前唷。」

「五年前……啊。也就是說，啊……！」

士道簡單地在腦海中計算完畢，抬起原本正在點頭數數的頭來。

「別……別開玩笑了！五年前……那個時候妳才八歲而已耶！」

士道的表情扭曲，表現出難以置信的心情。

就算是再怎麼不平凡的組織，「讓小學三年級的女孩擔任司令官」這種事情，無論怎麼想都不合理呀。

「哎，前幾年的時間，其實比較接近實習生唷。實際取得指揮權則是最近的事。」

「不……不是，問題不在那裡吧。正常來說怎麼可能會讓年紀這麼小的女孩——」

「哎呀，該怎麼說呢？因為〈拉塔托斯克〉注意到我自然而然流露出來的智慧呀。」

「誰能接受這種解釋啊！」

「就算你怎麼說，但是事實就是如此，你不相信的話，我也莫可奈何。請你坦率地相信妹妹的話吧。難道你以為懷疑別人的話，會讓自己看起來比較聰明嗎？」

……與熟悉的那位可愛琴里完全不同的舉動、說話方式。士道的臉頰流下汗水。

「……妳會有那種雙重人格也是〈拉塔托斯克〉害的嗎？」

「真是失禮又武斷的觀點啊。請你稍微用大腦思考過後，再把話說出口吧。第一，這是因為——」

「這是因為？」

「…………」

琴里露出微妙的表情看了士道一眼。然後，彷彿打算忽略士道所說的話般左右搖頭。

「──那種事情並不重要。現在的話題重點是〈拉塔托斯克〉吧？同樣在五年前所發生的某個事件，變成了組織的轉機。」

「喂，別岔開話──」

但是，士道的話才說到一半就被打斷了。

因為琴里用手指夾住啣在嘴裡的加倍佳糖果棒，然後快速地指向士道。

「──我們發現一名能夠藉由接吻來封印精靈力量的少年唷！於是，〈拉塔托斯克〉的方針立刻轉變成以『積極保護精靈』為首要目的。」

「什……！」

士道驚訝地皺起眉頭。

「那……那個人……是我嗎？」

「沒錯。」

琴里點點頭，然後再次將加倍佳放回嘴裡。

至於士道則是陷入一陣混亂。腦袋一口氣接獲太多情報，所以來不及處理完畢。

「等……等一下……話說回來，為什麼我會擁有那種能力？」

「誰知道呢？」

「啊……？不……不不不。不需要說這種話來故弄玄虛吧？」

「沒有故弄玄虛唷。我是真的不知道。『藉由親吻奪取精靈的力量，然後轉換成安全的狀態封印在自己身體內』。我只知道士道具備這種能力，至於士道為什麼擁有這種能力的原因，至少我是完全不知情的。」

「那……那麼，妳為什麼會知道我擁有那種能力！在那個五年前，到底發生了什麼事情！」

然後，就在士道胡亂搔著頭說出這句話的瞬間……

琴里的視線突然往下方飄移。

「……！」

看見琴里露出與平時不同，帶著些許哀傷的表情，士道不禁大吃一驚。

彷彿沉浸在某種感慨中，又像是想起悲傷回憶般……

——對無法彌補的過錯感到懊悔的……

那種——表情。

「琴……琴里……？」

聽見士道叫喚自己的名字，琴里才突然回過神來，肩膀輕輕地顫抖了一下。

「那……那個——對了，是利用〈拉塔托斯克〉的觀測器調查出來的。因此，才能發現這件事情唷。關於我的事情，也是利用相同的方法……」

琴里以完全不像司令官模式，而且曖昧模糊的說話方式如此回答。

但是……不知道什麼緣故，士道卻不忍心再繼續追問下去。

「總……總而言之！」

琴里咳嗽一聲，清了清喉嚨，然後用手指指著士道。

「目前你所需要知道的情報只有『士道擁有可以解決精靈問題的能力』唷！除此之外，就是要請你做出抉擇。從今以後，你是否願意繼續為我們追求精靈？」

「…………！」

士道不悅地抿起嘴唇。真是個壞心眼的問題。

只有士道能夠封印精靈的力量。

如果士道不做的話，精靈——也就是與士道想要拯救的十香有相同遭遇的那些存在，每次出現在這個世界時就會被ＡＳＴ攻擊。

明明毀壞這個世界並非她們的本意。

卻單方面地被斷定為災難，生命也因此遭受威脅。

而且——還有空間震的問題。

如果不封印精靈的力量，總有一天會再次發生如同歐亞大空災等級的大災難啊。

士道深深地嘆了一口氣，同時搔了搔頭髮。

「……讓我……考慮一下吧。」

「——好吧，今天就到此為止。」

琴里嘆了一口氣後如此說道，然後看向坐在隔壁的令音。

「那麼，令音，開始準備。」

「……是，交給我吧……應該說，大致上都準備好了唷。」

令音搖頭晃腦地說完這句話之後，琴里吹了個口哨。

「不愧是令音，工作效率真好吶。」

「……準備？什麼準備？」

從兩人意有所指的對話中感受到不好的預感，臉上冒出汗水的士道如此問道。

然後，琴里以理所當然的態度回答問題。

「咦？當然是準備十香的房間呀。二樓裡面的那間客房被用來當作她的房間唷。」

「等……等一下！我剛剛不是說『讓我考慮一下』嗎！」

「是呀。所以，請你不要在意我們，自己慢慢地思考吧。」

「別開玩笑了啊啊啊啊啊！」

士道大叫出聲。琴里一邊無奈地摀住耳朵。

「真是囉唆。無論如何，在特設住宅完成之前，十香只能住在這裡。而且，如果等士道做出決定後再進行訓練的話，那就太遲了。」

「就算妳這麼說……年……年紀相仿的男女同住一個屋簷下，實在有點不妥當啊……！」

滿臉通紅的士道如此說道。琴里用鼻子哼出一聲冷笑。

「如果士道有那種做錯事的膽量，我們就不需要這麼辛苦了吧？」

「嗚……！」

對此無法否定的自己真是可悲呀。

「所……所以啊……！」

然後，就在士道還打算繼續追問下去的時候，士道的後方——位於琴里房間出入口的那扇門突然「喀鏘」一聲地被人打開了。

「……！」

肩膀顫抖了一下，轉過頭去。

不知何時出現在那裡的十香露出不安的眼神，站在走廊上看向士道。

「……士道。果然……不行嗎？我……不能留在這裡嗎？」

「…………！」

面對眉頭深鎖、以悲傷眼神凝視著自己的十香，士道完全說不出話來。

……在這種狀況下，如果真的有人能說出「不行」兩個字，士道還真想拜見一下對方。

士道深深～地嘆了一口氣。

「……我……我知道了啦……」

◇

「……所以，所謂的『訓練』到底是什麼？妳們到底打算讓我做些什麼事情啊？」

在士道被半強迫性地點頭答應之後，大約又經過了三個小時。

吃完晚餐的士道，對著坐在客廳沙發上的琴里提出疑問。

現在，五河家的客廳裡只有士道與琴里兩個人。

令音在之後便立即返回〈佛拉克西納斯〉；十香在吃完晚餐後前往客房。因為原本居住在〈佛拉克西納斯〉隔離區的房間時，所使用的雜物已經送達這裡，所以十香似乎正在整理行李。

「不需要特地做什麼唷。」

用黑色緞帶將頭髮綁起來的琴里一邊品嚐「飯後來一根」（當然，並非香菸而是加倍佳）的美好滋味，一邊開口說道。

「啊……？那是什麼意思？明明一直不斷說著要『訓練、訓練』。」

「嗯～正確來說，這次的題目是『維持正常生活』……應該可以這麼說吧？」

「啊？」

「基本上，士道的訓練重點是在假設『從今以後需要與多位精靈約會』的情況下，達成『與女孩子講話也不會緊張』的目的唷。」

「……啊啊，這麼說來，妳們確實是有說過這件事。」

回憶起上個月接受過美少女遊戲訓練與搭訕訓練的情形，士道的臉頰不斷抽搐。

「這次則是利用與女生同居的事件來進行實戰訓練。簡單來說，我們希望你即使突然遭遇到令人小鹿亂撞的情況，也必須冷靜地做出紳士該有的舉動唷。」

「……啊？」

「所以，在與十香同居的這段期間內，無論發生什麼事，只要不慌不忙地應對就可以了。」

「什……什麼呀……」

士道用力皺眉，低聲呢喃。

然後，腦中突然浮現一個疑問。

「……話說回來，到底為什麼要追求精靈呢？可以利用親吻封印精靈的力量，不是嗎？既然如此，只要出其不意——」

「哎呀，什麼嘛！士道喜歡硬來嗎？你要小心自己的行為被刊登上早報唷。」

「怎麼可能啊！」

在士道大叫出聲之後，琴里受不了地聳了聳肩。

「──不行唷。如果精靈沒有對士道敞開心房，就無法完全封印力量。」

「是……是嗎……？」

「沒錯。雖然不要求一定要讓精靈死心塌地愛上你，但是至少要做到對你產生信賴並且不會拒絕親吻的地步，否則應該很難成功吶。所以令音才需要逐一監控精靈的心情與好感度唷。」

「是……是嗎……」

越聽越覺得這種能力相當奇怪啊。士道在眉宇間皺起一道明顯的紋路。

「……嗯？」

然後，就在此時，士道歪了歪頭。

因為琴里的嘴唇正在嘀嘀咕咕地說話。

「……是嗎，我知道了。嗯……再見……」

仔細一看，原來琴里的右耳戴著一個小型耳麥。

「琴里，妳在跟誰說話？」

「──啊啊，沒什麼啦。不要在意──比起這件事，士道。」

然後，琴里從沙發上站起來。

「我想去洗手間。」

「啊？那就去啊？」

「我剛剛看過，電燈泡似乎壞掉了。你可以先去幫我更換燈泡嗎？」

「啊啊……可以是可以……」

即使覺得琴里的樣子很可疑，不過士道還是從櫃子的抽屜裡拿出一顆備用電燈泡，然後帶著作業用的圓椅子前往洗手間。

接著，將椅子放置在地板上之後，打開門——

「……！」

維持這個姿勢，靜止不動。

不過，這也是理所當然的。因為——洗手間內已經有位先到的客人。

「什……士……士道！」

處於內褲褪到膝下狀態的十香，正坐在洗手間裡。

「十……十十十十十十十香……！妳為什麼會在這裡——」

感受到心臟跳動速度劇烈加快的士道，努力擠出這幾句話。

奇怪，洗手間的門並沒有上鎖。

再者，琴里所說的那顆壞掉的燈泡，如今正散發出明亮的燈光。順帶一提，設置在門旁的電源開關目前是處於關閉的狀態。

這種情況下，根本很難在瞬間判斷出有人在洗手間裡。

「這……這是我的台詞吧！快點關門呀！」

滿臉通紅的十香一邊用單手將家居服的下襬往下拉，一邊用力地抓住設置在牆壁上的捲筒衛生紙，然後大力地朝著士道的臉部丟過去。

「嗚啊……！」

即使是柔軟的捲筒衛生紙，冷不防地被砸到的話，還是會造成一定的衝擊。士道從喉嚨發出呻吟聲，當場以仰躺的姿勢跌倒在地。

叩隆叩隆叩隆叩隆……剛剛朝著士道鼻子使出一記「神風之擊」的捲筒衛生紙，在走廊上拉出一條白線。

「怎……怎麼回事啊……」

士道凝視著天花板喃喃自語。然後，琴里突然出現了。

「真是丟臉呀。我明明告訴過你要不慌不忙、專心一志。」

琴里以雙腳跨開的姿勢站在士道頭部旁邊，所以士道可以清清楚楚地看見她的內褲。哎呀，不過即使是士道，也不至於會因為妹妹的內褲而驚慌失措。

「……琴里，這是妳搞的鬼嗎……」

士道說完後，琴里豎起糖果棒，揚起嘴角。

……也就是說琴里計算好十香進入洗手間的時機，然後讓士道展開突擊吧？而且連門鎖與電燈開關都細心地動過手腳。

「——士道的一舉一動都被〈佛拉克西納斯〉所監控著唷。因此，船員與ＡＩ會逐一判定士道的應對是否合格。這次當然是……不及格。」

說完後，琴里將原本藏在背部的物品拿給士道看。

「啊……？」

那是一台小型的收音機。

琴里開啟電源，調準頻率。然後——

「——這個世界充滿欺瞞。大人們漸漸墮落。我們不能就此沉淪。展現力量、創造奇蹟。迎向未來大步邁進——」

……似乎在何處聽過的詩句，被人以冷淡的語氣朗誦出來。

沒錯。那是士道就讀國中時所撰寫出來的創作。

「呀……呀啊啊啊啊啊啊啊啊啊啊啊！」

士道發出幾乎要毀壞喉嚨般的大聲吼叫，然後將收音機搶奪過來，關閉電源。

「你那樣做也是沒有用的唷。因為已經播放出去了。」

「什……！」

士道的臉色變得蒼白。

「這是上次處罰的進階版唷。因為是訓練所以就不認真去做，這樣會讓我們覺得很困擾呀。哎呀，不過請你放心。因為只要沒有全部失敗，我們就不會播放作者名稱。」

「妳的意思就是如果全部失敗的話，就要公布姓名了，對吧！」

「所以呀，我的意思是要你儘快習慣唷！不是不准你臉紅心跳。無論多麼緊張，只要能夠冷靜應對就會算你過關。」

「這種無理的要求……」

如果僅只於遊戲的話還尚可忍受，但是對於對這種事沒有免疫力的士道而言，這無疑是種過於困難的訓練。

「話……話說回來，應該不能讓十香的精神狀態變得不安定吧……？」

「哎呀，沒有問題的。情感動搖也是有分成許多種類唷。在這種事件中，精靈的力量會產生逆流的可能性相當低唷。」

「即……即使如此……」

然後，就在士道說話的同時，背後傳來「唧……」的聲響。

十香微微開啟洗手間的門，露出大約半張滿臉通紅的臉。

「十……十香……？」

就在剛剛，琴里害自己做出類似偷窺的舉動，所以現在與十香的會面變得相當尷尬。士道稍微移開視線後，開口說道：

「抱……抱歉……我不是故意的。請妳原諒我……」

於是，十香羞紅了臉，指著描繪在走廊上的白線。

「……我原諒你……那個，就是……把……把衛生紙拿過來！」

「啊……」

這麼說來，備用的滾筒衛生紙似乎用完了。

士道撿起滾落在走廊上的滾筒衛生紙，將衛生紙重新捲好後遞給十香。

◇

「士道，洗澡水似乎已經燒好了，你先去洗澡吧。」

這次又設下了什麼圈套……？士道緊張地提高警戒。琴里對士道說出這句話的時間，大約是晚上八點的時候。

「……洗澡啊。」

士道以拔高的音調如此回答，接著將視線投向客廳。

琴里正隨意臥躺著，手裡握著連接電視的遊戲機搖桿。

果然看不見……十香的身影。

沒錯。剛剛士道才離開位子幾分鐘而已，十香的身影就消失了。

雖然琴里說她是回去房間拿東西……不過，事已至此，士道可不會天真到相信這種說詞。

「……不，我可以晚點洗。不如妳先去洗澡吧，琴里？」

「…………」

顫抖了一下。

原本愉快地配合遊戲BGM左右搖擺的琴里，手指在瞬間停止動作。士道沒有漏看這一點。

「不用了，現在打得正精彩。」

她繼續看著畫面，佯裝不知情地如此說道。

——士道更加確信了。這是琴里的陷阱。

琴里一定是趁士道離開的期間讓十香先去洗澡，打算仿效剛剛的洗手間事件設計士道去突襲，上演一場令人愉悅又害羞的意外事件吧？

足智多謀的五河琴里司令，不可能錯過策劃洗澡這麼經典的事件。

但是，士道回到家裡時，已經在更衣室體驗過這種邂逅。絕對不可能會重蹈覆轍。

他微微聳肩，使出最後的絕招。

「哎呀哎呀，別這麼說嘛。今天特別允許讓妳使用發泡入浴劑唷。」

「……！」

瞬間，琴里的雙馬尾突然倒豎起來（只是想像圖）！

當五河家使用發泡入浴劑的時候——每一個人都能蒙受二氧化碳的恩典。但是只有第一位洗澡的人，才能擔負起投下入浴劑的任務。

然後，琴里幾乎沒有放棄過這個任務。

「…………」

「…………」

晚餐後的寧靜一刻。

對於不知情的外人而言，看起來就像是一幕兄妹和平相處的畫面。

但是——其實現在兩人之間，正在進行一場激烈的心理戰。

——來吧，妳怎麼做呢，琴里？

現在，「發動發泡入浴劑炸彈，猛攻堅不可摧的琴里城」這種超脫現實的景色正在士道的腦海中逐漸形成。

琴里的模樣看起來有點焦躁，腳趾頭不斷抽動。確信自己勝券在握的士道揚起了嘴角。

——呼……哈哈哈哈哈！別小看我啊，小姑娘！我五河士道當妳的哥哥那麼多年，可不是白當的！

但是，過了一會兒，琴里才發出顫抖的聲音。

「嘿……嘿嘿嘿嘿嘿，是嗎……真好吶……士道，你先去……洗澡……吧。」

「什……！」

聽見這個出乎意料的答案，士道皺起眉頭。就算是司令官模式，琴里也應該無法抵抗二氧化碳的魔力才對呀！

……然後，仔細一看才發現琴里的肩膀不斷顫抖，並且用右手用力～～～地掐住左手的手背，使勁轉動。

「…………」

原來只是在努力忍耐。

然後——就在這個時候……

「琴里，讓妳久等了。來吧，一決勝負吧！」

聽見從後方傳來的聲音，士道迅速地轉過頭。

十香正拿著看似毛毯的東西站在那個地方。

「十香！」

「嗯？怎麼了，士道？你的表情好奇怪。」

「不，沒事……妳跑去哪裡了？」

「嗯。因為琴里說要跟我一起打電動，但是今天有點冷吶。所以我就回房間從行李中尋找可以蓋住膝蓋的東西。」

「……什──」

聽見十香的話，士道不自覺地發出呻吟聲。眼前的景物一陣扭曲。

──琴里說的都是真的？士道只是在唱獨角戲而已……？

「……我去……洗澡了……」

不知為何覺得自己徹底敗北的士道，搖搖晃晃地離開客廳。

「士道怎麼了？」

「……誰知道呢。」

背後響起兩人的對話。士道走到走廊，隨意準備更換衣物與浴巾之後，關上更衣室的門。

「…………」

總之，先敲浴室的門，然後再試著把門打開。

「……什麼嘛，真的什麼都沒有啊。」

安心地呼出一口氣，然後迅速脫掉衣服、進入浴室。就在拿起發泡入浴劑的時候……士道突然對琴里產生一股罪惡感。

明天再讓琴里使用發泡入浴劑吧？於是士道將不會起泡泡的普通入浴劑扔進浴缸裡。

接下來，動作迅速地清洗完身體之後，便讓身體浸泡到乳白色的熱水中。

「呼……」

細微而長久的嘆息，在浴室的牆壁重重迴響後，再次回到鼓膜。

「今天真是……累死我了……」

讓肩膀以下的身體部位浸泡到熱水中，再次嘆了一口氣。

感覺到身體的毛細孔正漸漸地溶出疲勞。

士道就這樣慢慢地閉上眼睛。

……然後，不知道經過多久……

「——哼～哼哼哼哼～嗯～哼哼～嗯♪」

意識朦朧的士道的耳邊，響起含糊不清的哼唱歌曲。

「啊……？什麼……？」

他揉了揉疲憊的眼睛，轉過頭朝著傳來歌聲的方向看過去——

「……！」

身體僵硬在原處，同時咒罵自己的粗心大意。

這也難怪。畢竟現在，在隔開浴室與更衣室的霧面玻璃的另一側，可以隱隱約約地看見黑髮少女的身影。

「這……這就是妳的目的嗎？琴里……！」

士道按住胸口，低聲呢喃。

讓人誤以為是與上次相同模式的奇襲。

其實並非要將士道誘導到十香的身邊，而是正好相反。

雖然單純，卻相當有效果的策略。不管怎麼說，士道這下無處可逃了。

「你算計我，琴里……！」

現在，士道的腦海中浮現一個景象——戴著太陽眼鏡的琴里露出無所畏懼的笑容，說了一句「因為你還只是個小鬼呀」，然後舉起玻璃酒杯享用威士忌。

但是，現在可不是狀況分析的好時機。

因為脫完衣服的十香已經要開啟浴室的門了。

「……！」

陷入混亂的士道為了不被發現，潛入熱水底下並且蓋上浴池的蓋子。

剛好與他的舉動同時，浴室內響起開門的聲音。

接下來，隨著「喀啦喀啦喀啦」聲音響起，浴池的蓋子也被人摺疊起來。然後——

「嘿！」

嘩！十香沒有確認浴池裡頭的狀況，便用力地跳進浴缸內。

熱水往四周飛濺——同時，士道的腹部周圍也產生一股柔軟的觸感。

「嗯？」

於是，十香終於察覺到不對勁。

然後……無法繼續閉氣的士道的臉，從乳白色的水面浮現出來。

「哈……哈囉。」

「…………」

經過數秒之後。

「——…………！」

十香漲紅的臉就像顆紅通通的番茄，發出不成聲的哀鳴。

「冷……冷靜一點，十香……！」

「————！笨蛋！不……不准出來……！」

十香用力地抓住士道的頭，然後將他的頭再次壓到浴缸裡。

原本就已經呼吸不過來的士道，理所當然地出現肺部缺氧的情形。

「……！……！」

然後，在狹窄的浴缸裡激烈掙扎了一會兒之後……

士道失去意識，輕飄飄地浮在浴缸中。

「好，不及格～」頭頂似乎傳來琴里的聲音，接下來則是聽見從收音機播放出來的冗長聲音

……不過士道已經無力阻止了。

◇

「被……被整得……好慘呀……」

總算恢復意識的士道在洗完澡之後，還將堆積在流理台的碗盤清洗乾淨、設定電鍋自動烹煮明天的白飯，最後才終於搖搖晃晃地回到自己的房間。

時鐘的時針已經指向十一點。

好孩子十香與琴里已經回到各自的房間就寢了。

對於健全的男子高中生而言，真正的夜晚才正要開始。但是今天卻感覺到非比尋常的疲勞。

——就算是琴里，應該也想不出其他花招了吧？

士道回到房間後便立即躺到床上陷入夢鄉。

「……里。琴里，起床。時間到了。」

夜深人靜的午夜。感覺到右耳鼓膜受到震動，琴里的眉毛抽動了一下。

「嗚……嗯……」

但是，十三歲的五河琴里睡意濃厚，無法立即清醒。

躺在床上扭動著身體，然後翻過身將毛巾毯捲在身上，再次發出睡得香甜的安穩鼾聲。

「……琴里。琴里。不要再睡了。」

「嗯～……」

琴里用手背揉揉眼睛，慢吞吞地起身。

「什麼事……哥哥……」

「……抱歉，我不是小士。我是令音。」

琴里微微歪頭，「呼啊啊啊啊啊啊……」深深地打了一個哈欠。

「令音……？怎麼在這個時間……」

琴里一手揉眼睛，一邊拍打床頭搜尋手機。然後開啟手機，查看標示在畫面上的時間。

凌晨三點二十分。無論是好孩子或是壞孩子都已經進入夢鄉的時間。

「……已經準備好了。請下達指令。」

聽到這句話，琴里才微微開口「啊」了一聲。

「嗯……是嗎……是我拜託妳叫我起床的呀……」

琴里做出如同令音般的搖頭晃腦動作，並且再次拍打床頭。

然後，拿起原本放置在那邊，約一口大小的棒棒糖，草率地撕開包裝，放入嘴裡。

「——————！」

瞬間，舌頭上猶如爆炸般的感覺傳遞到大腦，讓琴里全身上下顫抖了一下。同時，一陣刺激的香味竄上鼻腔。

沒錯，這並不是平時常吃的加倍佳。而是琴里在壓制睡意時才會吃的祕密武器——超爽快超級薄荷糖。

琴里拿起黑色緞帶，將頭髮綁成平時常見的雙馬尾。

「啊……總算清醒了。抱歉吶，令音。」

「……沒關係——立刻進行報告。小士已經進入熟睡狀態。」

「是嗎。那麼，必要人員呢？」

「……依照妳的指示，正在待命中。隨時都可以出發。」

「很好。」

琴里說完後，躡手躡腳地離開房間，走下樓梯來到玄關。

然後，響起「喀鏘」一聲，鎖被打開了。

玄關前方有幾名穿戴著黑色戰鬥服與面罩，全身裝扮猶如美國特種部隊的男子正在待命中。

「目標在二樓。交給你們了。」

「是！」

男子們遵照琴里的指示，無聲無息地潛入五河家。

「嗯……嗚嗚嗯……」

士道發出微小的呻吟聲，在床上輕輕伸了個懶腰。

眼睛感受到從窗戶照射進來的朝陽，耳朵聽見小鳥清脆婉轉的鳴叫聲。

「嗯……已經天亮了啊。」

打了個哈欠，然後一邊眨眼睛一邊翻身。

——然後……

「啊……？什麼……？」

察覺到似乎有某種柔軟的東西碰觸到臉頰，士道微微皺眉。

為了探查那樣東西的真面目，士道慢慢地將手伸到臉的旁邊，摸了一下。

然後，從頭頂上方……

「嗯……！」

傳來這種可愛的聲音。

「…………」

士道在一瞬間停止呼吸，大腦開始思考。

稍微巡視了一下。薄刷毛布料出現在眼前。然後，可以看見裝在天花板上的電燈，與士道房間裡的類型不同。

這裡——不是士道的房間。

從房間的內部裝潢來看……這裡似乎是平時不常進來的二樓客房。

「也，就，是，說……」

他慢慢地、慢慢地抬起頭。

「……嗯？」

不出所料，眼前出現十香的美麗容貌。

對方似乎也在剛剛醒過來了。就在士道抬頭往上看的那個瞬間——四目相交。

「…………」

「…………」

經過數秒之後。

「咿——……」

「什……」

士道與十香幾乎在同時屏住呼吸，然後迅速起身。彷彿告知比賽開始的鐘聲已經響起，兩人分別退到床頭以及床尾，拉開彼此之間的距離。

「你……你在做什麼呀，士道！為什麼會出現在我的床上……！」

「不……不知道！為……為為為為什麼我會在這裡啊……？」

「是我在問你耶！」

「說得也對啊啊啊啊！」

士道陷入莫名其妙的緊張情緒中，並且大叫出聲。

然後，琴里剛好在這個時機點打開房門。

「好，出局。你要冷靜一點呀，士道。」

「……琴里……！難……難道這也是妳幹的好事嗎！」

「哎呀，你說什麼？這只是士道按捺不住思春期高漲的性衝動，所以鑽進十香的被窩裡呀。請你不要誣賴別人。」

冷淡地聳聳肩，臉上浮現一抹微笑的琴里如此說道。

「什……！」

聽到這些對話，十香漲紅了臉，緊緊拉住毛毯蓋住胸口。

「我……我是無辜的！」

儘管士道大聲吼叫，但是琴里卻完全不在意地操作從口袋拿出來的手機。

而且不知為何，那居然還是士道的手機。

「妳這傢伙……那不是我的手機嗎？妳在做什麼？」

「咦？啊啊。」

琴里微微揚起嘴角，將手機畫面轉向士道。

那是簡訊的編輯畫面。收件人的欄位顯示為士道友人——殿町宏人的名字。

「……！」

士道屏住呼吸。因為那封簡訊的內容是——

「令人震驚的廣播內容。你一定要聽聽看。相當震撼人心。你的人生觀將會因此改變唷！」

在這些內容之後，還有一個網址。

「啊……？那……那個網址是什麼……」

「啊啊，昨天的節目也開始在網路上廣播囉。如此一來，只要能連接上網路，不管是誰都能隨時隨地收聽士道的大作唷。」

「什……！」

士道害怕地睜大眼睛並且伸出手。

「不……不要——」

「嘿！」

士道的話還沒說完，琴里就已經按下傳送按鈕。

「呀啊啊啊啊啊啊啊啊啊啊啊！」

大聲吼叫的同時，士道將手機搶奪過來，拚命地按下取消鍵——但是為時已晚。

現代文明的利器已經用最快的速度，將這個毀滅性情報傳送給友人了。

「妳……妳到底想怎樣，妳這個……！」

「這是懲罰。只不過是臉頰摩擦到十香的胸部而已，為了這種小事就大吼大叫，會給我們帶來困擾呀。」

「就算妳這麼說……呃……」

察覺到琴里話中有哪裡怪怪的，士道疑惑地歪著頭。

……這麼說來，士道記得在意識清醒之前，似乎有碰觸到非常～柔軟的東西。

戰戰兢兢地看往十香的方向，發現她也睜大了雙眼。

然後，彷彿在回想某種觸感般，十香到處觸摸自己的身體——當她觸摸到胸部附近時，全身突然僵硬不動。

「……！」

碰！看起來幾乎像是要冒煙般，十香漲紅了臉。

「嗚……嗚哇啊啊啊啊啊啊啊啊啊啊！」

然後，十香發出驚人的慘叫聲，接著將手邊的物品一件一件扔出去。

「嗚哇……冷……冷靜點，十香！」

士道拚命躲開這些物品並且打算儘快離開房間。但是，就在握住門把的那一瞬間，後腦杓卻被紅牛造型的擺飾打中，失去了意識。

第二章 Raining Girl

「哦～五河……你怎麼了？」

早上，才剛拖著沉重的步伐踏入教室，便聽見殿町以訝異的聲音對自己說話。

哎，即使不是他，只要是看到士道現在這副模樣的人，應該都會產生同樣的感想吧？

因為士道的臉、手等身體部位貼滿了藥膏貼布，而且走起路來搖搖晃晃，彷彿快要跌倒般。

「……啊啊，出了點意外。」

士道露出曖昧的苦笑如此說道，接著輕輕地嘆了口氣。

於是，殿町彷彿想起什麼事情般，臉上浮現意味深遠的笑容。

「對了、對了。我聽了唷，那個網路廣播。那是什麼呀？超有趣的～」

聽見這句話，士道的臉頰不禁抽搐了一下。

「你已……已經聽過了嗎？那個……」

「嗯。出門前有稍微聽了一下。但是啊……那個應該是開玩笑的吧？如果是認真的，那還真是嚇人。」

「啊……哈哈哈……說……說得也是呢……」

士道乾笑了幾聲，接著刻意挪開視線。

「對……對了，殿町，你在看什麼？」

如果他對那個廣播節目產生興趣的話，就麻煩了。士道為了改變話題，故意提高說話音量。

殿町正表情嚴肅地凝視著漫畫雜誌之類的刊末彩照單元。

「啊啊，你說這個嗎？對了，我也想詢問五河的意見……」

「什……什麼？」

士道提出反問。然後，殿町表現出平時少見的認真模樣，繼續說道：

「護士、巫女、女僕……你喜歡哪一個？」

「……啥？」

聽見這個意料之外的問題，士道不禁發出一陣錯愕的聲音。

「似乎會依照讀者投票的結果決定下一期彩照的裝扮……真是傷腦筋呢。」

「……啊啊，是嗎。」

士道的回答交織著嘆息。但是殿町卻絲毫不介意地將雜誌遞到士道眼前。

「所以，你喜歡哪一個？」

「呃，這個嘛……那麼……女僕……？」

士道被對方非比尋常的氣勢壓倒，開口回答問題。就在這一瞬間，殿町的眉毛突然抽動了一下。

「怎……怎麼了？」

「——我沒想到你居然會喜歡女僕！抱歉呀，我跟你之間的友情就到此結束！」

「…………」

士道搔了搔臉頰，然後走回自己的座位。

「啊，喂，你要去哪裡啊！五河！」

「……我們之間的友情不是已經結束了嗎？」

「什麼嘛！你也太認真了吧！女僕控與護士控能和平相處。你不覺得這樣的世界也不錯嗎？」

看來殿町應該是護士派。

無視將雜誌扔到桌子上後跟過來的殿町，士道將書包放置在自己的位置上。

此時，已經坐在隔壁位置上，正在閱讀一本厚重工具書的少女——鳶一折紙往士道的方向看了一眼。

「…………」

「哈……哈囉……鳶一，早安。」

「早安。」

折紙以毫無抑揚頓挫的聲音回答，然後微微歪頭。

「女僕？」

看來剛剛的交談似乎被她聽見了。士道急忙揮手。

「……沒……沒事，妳不要介意！」

「是嗎。」

折紙只說了一句「是嗎」，便又將視線放回到書本上。

「早安～」

緊接著，殿町朝她揮手，但是折紙的表情卻沒有任何變化。

殿町大力聳肩，然後將手按壓在士道的側腹部不停轉動。

「每次都這樣，為什麼折紙只會對你打招呼啊！可惡、可惡！」

「我……我哪知道！住手啦！」

甩開悶悶不樂的殿町之後，士道回到座位上坐好。

然後，就在此時，十香打開教室的門走進來。

理所當然地，現在十香住在五河家，上學的路幾乎一模一樣。但是如果兩人一起上學的話，應該會引起不少流言蜚語，所以才會刻意錯開出門時間。

而且十香在轉學過來時所說出的衝擊性台詞，至今仍然留下不少影響。如果在流言散去之前又引燃新的爆點，那可會讓人招架不住。

「…………」

十香沉默不語地坐到士道右邊的位置上，維持視線沒有交集的姿勢開口說道：

「……那個……今天早上的事情，真是對不起。身體沒事吧？」

十香似乎還在介意早上的那件事情。士道一邊苦笑一邊搔了搔臉頰。

「哦……哦……別在意了。」

「嗯……」

十香輕輕點頭。就在此時──士道才終於有所察覺。

「……啊。」

有幾名傾聽兩人對話的同班同學，正以興致勃勃的眼神看著這邊。

但是，十香似乎還沒有注意到他們的視線。

「但……但是，你也有錯唷。突然做出那種事情……那個，嚇到我了。」

聽見十香的這番話，周圍的人皆因此而倒吸一口氣。

「十……十香……那個話題，我們稍後再談吧……？」

「嗯？為什麼？」

十香歪著頭轉身面對士道。此時才終於察覺到大家的視線。

「……！」

似乎是想起昨天被人囑咐「不能讓大家知道士道與十香正在同居」的事情。十香倒吸一口氣，臉頰流下汗水。

「不……不是這樣的，大家！我跟士道並沒有住在一起唷！」

「…………！」

聽見十香所說的這句話，周圍的同學們不約而同地皺起眉頭。

「笨……笨蛋……」

士道在嘴裡小聲嘟囔，然後刻意提高音量對大家說：

「啊……啊啊！妳指的是今天早上在上學途中，我們不小心相撞的事情嗎？妳……妳沒事吧，十香？」

「嗯……？嗯……嗯嗯，我沒事唷！」

十香似乎也察覺到士道的真正意圖，於是勉為其難地配合演出。

哎，雖然理由有點牽強……但是可能是因為「班上的男女同學同居」這種事情本來就是屬於不切實際的話題，所以大家也就接受了這個理由，逐一往四周散去。

……即使如此，士道還是發現自己的背部沐浴在幾乎要使人凍傷的冷淡視線中，而投射出這種視線的女學生就坐在士道的左側。

「…………」

總覺得事情應該很快就會露出破綻。士道深深地嘆了一口氣。

──然後，出乎意料之外地，士道的這份擔憂很快就實現了。

與此同時……

校舍中響起第四節下課的鐘聲，宣示午休時間開始。

「士道！吃午餐！」

「…………」

喀咚！兩張桌子從左右兩側靠過來與士道的桌子相接在一起。

當然，右邊是十香，左邊是折紙的桌子。

「……嗯，什麼呀，又是妳。妳打擾到我們了啦。」

「那是我的台詞。」

被夾在中間的士道，可以感受到從左右兩側投射而來的銳利視線。

「好……好了……冷靜一點。大家一起吃吧……？」

士道說完後，十香與折紙才心不甘情不願地回到位置上乖乖坐好。然後，兩人從自己的書包裡取出便當盒。

彷彿在模仿她們的舉動，士道也拿出便當盒放到桌上，和她們兩人同時打開蓋子。然後──

「…………」

看到折紙稍微睜大眼睛的反應，士道不禁咒罵自己的粗心大意。

士道的便當是在早上時，自己所親手料理的食物。當然，士道在平時也會連同琴里的份一起料理（哎，雖然這一個月以來，琴里幾乎都沒有回家）。

於是理所當然地──如果突然多出一人份的便當，那也是士道該負責的工作。

「…………」

折紙的冷淡視線，在士道與十香的便當菜色之間來回移動。

──兩人的便當裡擺放著相同的菜色。

「嗯？什……什麼？即使妳露出那種眼神，我也不會分妳吃喔！」

似乎尚未注意到事情的嚴重性，十香以詫異的眼神回看一直窺探自己手邊便當的折紙。

「這是怎麼回事？」

「這……這是因為……」

面對折紙的質問，士道臉上冒出黏膩的汗水，目光漂移不定。

「事……事實上，這是早上在便當店買的便當。然後，恰巧十香也在那裡……」

「說謊。」

折紙打斷士道還沒說完的話，拿起原本士道倒著放的便當盒蓋子。

「這個是距離現在一百五十四天以前，你在車站前的折扣商店以一五八〇圓的價格購入後，便一直使用到現在的便當盒。絕對不是便當店的產品。」

「為……為什麼妳會知道——」

「那不重要。」

不，那其實是相當嚴重的問題。但是，士道被折紙不容分說的口氣所震懾，兩人的談話因此而中斷。

「嗯？你們兩人從剛剛開始到底在講些什麼啊！不要排擠我！」

十香坐在旁邊，不悅地鼓起臉頰，大叫出聲。

然後，就在此時……

嗚嗚嗚嗚嗚嗚嗚嗚嗚嗚嗚嗚嗚嗚嗚嗚嗚嗚嗚嗚嗚嗚嗚——

街道上響起尖銳吵雜的警報聲。

原本充斥吵雜聲音的午休時間教室，在瞬間變得鴉雀無聲。

——空間震警報。

大約從三十年前開始對人類造成威脅，最嚴重的災難——「空間震」。而這項警報聲正是宣告災難來臨的預兆。

「…………」

折紙在瞬間躊躇了一會兒，然後便立刻起身，迅速地走出教室。

「……！」

士道只能懷抱著複雜的心情，目送那個背影離去……哎，雖然這麼說有失謹慎，但是自己在剛剛確實有「幸好警報聲在此時響起」的念頭出現。

鳶一折紙是一名身兼學生以及隸屬陸上自衛隊AST兩種身分的才女。

總而言之，現在她正要前往戰場——目的是殺死像十香那樣的精靈。

「…………」

士道用力地咬緊牙齒。

他無法阻止折紙。但是——

就在此時，從教室門口傳來聽起來有點呆滯的聲音。

「……各位同學，發布警報了。請大家立刻到地下避難所避難。」

身穿白衣、戴著眼鏡的物理老師——令音指著走廊的方向。

學生們嚥了一口口水，然後依序走到走廊上。

「嗯？士道，大家要去哪裡？」

十香看著同學們的舉動，疑惑地歪了歪頭。

「啊，啊啊……大家要前往位在學校地下的避難所。」

「避難所？」

「沒錯。總之，晚點再說明吧。我們也走吧，十香。」

「嗯，好。」

十香以戀戀不捨的眼神望著尚未開動的便當，不過還是依照士道的指示站起來。

然後，就在兩人打算跟隨在同學們後面，往走廊移動的時候……

「……小士，你要走這邊。」

令音抓住士道的脖子。

「令……令音？妳說『走這邊』的意思是……」

「……還用問嗎？當然是前往〈佛拉克西納斯〉。」

令音以其他學生聽不見的音量，悄聲回答士道的問題。

「……時間相隔得太近。關於接下來的事情，或許你還沒有理出一個結論。但是……不，正因此如此，所以我希望你能親眼看見。看看精靈以及與其相關的現況。」

士道嚥下唾液藉此溼潤乾涸的喉嚨，然後輕輕握起拳頭。

「……我明白了，我們走吧。」

令音半瞇著惺忪的睡眼，輕輕點頭。然後，看了一眼全部學生都在排隊的景象後，便轉頭往出入口的方向望去。

「……來吧，動作要快。距離空間震發生之前的時間，已經所剩無幾。」

「是……是的。那麼——啊，令音。十香……不帶她一起去嗎？」

往十香的方向瞄了一眼，士道如此說道。

說到十香，她正以驚訝的眼神，看著一邊在走廊上排成一大排隊伍，一邊準備前往避難的同學們。

「……啊啊，關於那件事情呀。嗯，就讓十香跟著大家一起前往避難所避難吧。」

「咦？這樣真的沒問題嗎？」

「……啊啊。處於力量被封印狀態的十香，幾乎與一般人沒有差別。而且，如果讓她看見精靈與AST的對戰景象，因此想起自身遭遇的話，那可就麻煩了。不是說過了嗎？對於〈拉塔托斯克〉而言，我們會盡可能地避免讓十香累積壓力。」

「不，但是……」

然後，就在士道打算回覆這段話的時候，從走廊深處傳來高亢的聲音。

「喂，你們！五河同學和夜刀神同學，還有村雨老師也是！請……請不要在那裡逗留！如果不趕快前往避難的話，會有危險唷！」

士道的導師——岡峰珠惠老師，暱稱小珠，正聳起小小的肩膀，以著急的語氣如此說道。句子的語意有點雜亂無章。

「……嗯，被抓到的話就麻煩了。快走吧。」

令音稍微環顧四周以後，便往出入口的方向前進。

「呃，啊，等等——」

雖然有點擔心，不過這也是沒辦法的事情。士道嘟囔了一會兒、用手胡亂抓了抓頭髮，然後才牽起十香的手，再將手交給小珠老師。

「老師，十香就拜託妳了。」

「呃？咦？啊，好……好的，這是當然的。」

突然被人託付要照顧十香的小珠，一邊驚訝得瞪大眼睛一邊說：「因…因為我是老師呀！」接著點頭答應。

「士道……？」

十香似乎感受到些許不安，慢慢地皺起眉頭。

「十香，聽好囉！跟著老師一起到避難所避難。」

「士道呢？士道怎麼辦？」

「啊……我有重要的事情需要處理。所以妳先過去吧，好嗎？」

「啊！士……士道！」

「五河同學還有村雨老師！你們到底要去哪裡？」

聽著背後傳來兩人擔心的聲音，士道與令音往校舍外面奔跑而去。

◇

「──啊啊，你們兩人來啦。精靈馬上就會出現了。麻煩令音進行準備工作吧。」

士道與令音才剛抵達〈佛拉克西納斯〉艦橋，就馬上聽到坐在艦長席的琴里所說的這段話。

「……是的。」

令音輕輕點頭，翻起白衣下襬，坐進位於艦橋下方的控制台前方的座位。

「──那麼……」

然後琴里微傾著頭，詢問沉默不語的士道。

「很抱歉無法給你太多的時間。不過，你做出決定了嗎，士道？」

「……！」

士道屏住呼吸。但是，就在此時，艦橋內響起刺耳的警報聲。

「發……發生什麼事？」

「確認是非常強大的靈波反應。精靈來了！」

就在士道驚慌失措地瞪大眼睛的同時，從艦橋下方傳來男性船員的叫聲。

琴里聽到這句話以後，彈了一個響指。

「ＯＫ，將主螢幕的畫面切換成預測出現地點的畫面。」

琴里發號施令之後，主螢幕立即開始播放俯瞰街道的影像畫面。

那是一條有許多店家櫛次鱗比的大馬路。理所當然地，街道上看不見任何人影，看起來猶如一座鬼城。

畫面中心突然開始扭曲。

「咦……？」

一瞬間還以為是播放影像的螢幕產生問題——但是，事實並非如此。

而是空間。

在原本空無一物的空間裡，突然出現猶如將石頭丟到水面上的波紋。

「那……那是什麼……」

「咦？士道沒看過嗎？」

就在琴里說出這句話的同時，空間的歪斜漸漸擴大——

畫面似乎開始出現微小的光點。就在這個瞬間，隨著爆炸聲的響起，畫面變成一片雪白。

「——！」

雖然明白那只是畫面影像，但是士道依舊不自覺地用手臂遮住臉部。

然後，經過數秒之後，士道一邊壓抑劇烈跳動的心跳一邊睜開眼睛。畫面裡已經照映出與方才截然不同的景色。

街道上開了個大洞。

只能如此形容。

直到剛剛為止，都還有許多建築物林立在大馬路的兩側。但是，如今那條馬路的一部分已經被削成一塊淺淺的鉢狀凹洞。

原本應該存在於那個地方的店家、街燈與電線桿，甚至於是鋪在道路上的柏油路面，所有的一切都消失得無影無蹤。

然後，或許是受到爆炸餘波的影響，周圍也呈現出猶如強烈颱風肆虐過後的景色。

這副景色，與大約在一個月前遇見十香的那個場所，兩者非常相像。

也就是說，現在這種情形是——

「空間震……！」

士道以顫抖的聲音如此說道。琴里點點頭，回答「沒錯」。

「——精靈現界在這個世界時所產生的空間歪斜。那就是引起突發性災害的主要原因。」

「…………」

雖然時常看見已成廢墟的街道，不過這卻是士道第一次目擊爆炸的瞬間。

手心因為流汗而變得濕淋淋。

原本企圖用大腦解釋的事態，終於透過實際體驗而徹底理解。

街道、人們生活其中的空間，在一瞬間全部毀滅——那種……可怕之處。

「哎呀，不過這次的爆炸算是小規模的等級吶。」

「您說得沒錯。」

然後，琴里以及隨侍在後方的高䠷男子——副司令神無月恭平開口說道。

「僥倖——雖然想這麼說，不過如果對方是〈隱居者〉(Hermit)的話，應該差不多就是這種規模吧。」

「哎，沒錯。因為那是在精靈當中，個性最為溫順的類型。」

士道沉默不語地扶著自己的額頭。

——剛剛的爆炸，算是小規模的等級？

一瞬間，士道無法理解琴里他們所說的話，不過他立刻重新思考。

這也難怪。因為方才的空間震規模，充其量也只有數十公尺而已。對於他們而言，損傷確實較為輕微。

理所當然地……即使大腦已經理解，不過心臟卻怎麼樣也無法平靜下來。

「……喂，琴里。」

然後，士道在琴里他們的對話中，發現到一個令人在意的字詞，於是出聲詢問：

「妳剛剛提到的〈隱居者〉代表什麼意思呢？」

「啊啊，那是剛剛現身的精靈的代號唷。稍等一下——可以將畫面放大嗎？」

琴里對艦橋下方的船員下達指令。

於是，船員立即推進畫面影像，迅速接近在街道正中央所形成的坑洞。

然後，隨著鏡頭越拉越近，畫面中開始產生變化。

「……雨？」

士道輕聲呢喃。

沒錯。就在看見畫面突然變暗的同時，天空便稀稀落落地下雨了。

但是——過沒多久，士道就不再注意這一點變化。

因為在猶如被挖成隕石坑洞般的地面中心，發現一名嬌小少女的身影。

「…………！」

彷彿心臟被人猛力抓住的衝擊流遍全身。

獨自一人佇立在被放大的畫面中心的少女身影。而且——士道曾經見過她。

「那……是……」

身穿裝飾著兔耳的斗篷，藍髮的少女。

年紀大約十三、四歲吧？穿著略為大件的外套以及由不可思議材質所製成的內搭衣。

然後，她的左手戴著外型被設計得滑稽有趣的兔子手偶。

只要士道的雙眼以及大腦都是正常的，那麼就絕對不可能會認錯人。

她就是——士道在昨天從學校返家途中所遇見的女孩。

「……？你怎麼了，士道？」

或許是看出士道的反應出現異狀，琴里以訝異的語氣如此說道。

士道再次注視著畫面，確認並非自己的錯覺後才開口說：

「我——見過……那個孩子……」

「你說什麼？到底是何時發生的事情？」

「就在昨天……從學校回家的半路中，突然下起雨來——」

士道一邊回憶一邊簡單地說明昨天所發生的事件。

聽完士道的說明後，琴里對艦橋下方的船員發布指令。

「將昨天么六洞洞時至么拐洞洞時為止的靈波數值傳送到我的終端機來。動作要快！」

然後，將視線落在手邊的螢幕上，焦躁地搔了搔頭。

「……主要數值過於混亂，無法辨識。與十香的例子相同嗎……士道，為什麼你昨天不說？」

「別……別胡說八道。我見到她的時候，根本不知道她就是精靈……！」

然後，幾乎就在士道放聲大叫的同時，設置在〈佛拉克西納斯〉艦橋的擴音器突然傳出一陣轟然作響的吵雜聲音。

「……！什麼，這到底是——」

「——精靈現身了。開始執行任務的人可不只我們唷。」

聽見琴里的話，士道的手指抽動了一下。

「ＡＳＴ……嗎？」

「沒錯。」

看向螢幕畫面，少女——被稱為〈隱居者〉的精靈，剛剛的所在位置已是煙霧瀰漫。恐怕是被飛彈之類的東西打中了吧。

然後，幾名穿戴著重裝機械鎧甲的人們，正漂浮在那個坑洞的周圍上空。

陸上自衛隊——對抗精靈部隊（Anti Spirit Team）。簡稱ＡＳＴ。

與琴里他們的組織〈拉塔托斯克〉不同，ＡＳＴ是以武力殲滅精靈為目標的特種部隊。

然後，有個嬌小的人影從煙霧中跳出來——是〈隱居者〉。

她以舉起左手手偶的姿勢飛舞在空中，接著轉身穿越防守在四周的ＡＳＴ隊員們之間的空隙，往天空飛躍而去。

但是，ＡＳＴ隊員立即做出反應，不約而同地開始追蹤〈隱居者〉。

緊接著，直接利用裝備在身上的武器，發射出數量眾多的子彈。

「……！危險！」

士道反射性地大叫出聲——但是，隔著螢幕的警告完全無法發揮作用。由ＡＳＴ隊員所發射出來的無數飛彈與子彈，就這樣冷酷無情地射進〈隱居者〉的身體裡。

「那些傢伙……居然對一個小女孩……！」

他瞪大眼睛，用力咬住牙齒。

「……都這個時候了，你怎麼還在說這種話呢？」

於是，琴里瞇起眼睛繼續說道：

「十香當初現界的時候，你還沒學會這個道理嗎？對於ＡＳＴ而言，無論精靈以哪種型態現身都沒有差別唷。他們擁有的只有守護世界的使命感，以及『排除危害到人類的存在』這種生物應有的生存本能。」

「就……就算是這樣……」

就在士道開口的瞬間，少女再次從煙霧飛躍到天空中。

但是，〈隱居者〉並沒有反擊，只是不斷逃跑躲避。

「那個孩子……不打算反擊嗎？」

「沒錯。她們總是這樣。〈隱居者〉在精靈之中，算是性情非常溫和的類型。」

「……既然如此——」

「如果你要求AST手下留情，也是白忙一場——只要她還是精靈的話。」

「…………！」

聽見這個冷淡的回答，士道咬住嘴唇。

不——自己也明白多說無用的道理。

她的性情、個性等，都與AST無關。

因為他們執意討伐危害這個世界的敵人。

——沒有任何方法可以推翻他們的這項理念。

士道使出幾乎快要讓自己受傷流血的力道緊緊地握住拳頭，然後語氣平靜地說道：

「……琴里。」

「什麼？」

「……如果喪失精靈的力量，那個孩子就不會被AST追殺了吧……？」

聽見士道的話，琴里的眉毛抽動了一下，然後看往士道的方向。
「是呀——你說得沒錯。」
「也不會……引發空間震了吧？」
「沒錯。」
士道沉默了一會兒，做出一個深呼吸，然後說出以下這句話：
「——我……做得到嗎……？」
「在看過十香的現狀後，如果你還是有所懷疑，那也無所謂了。」
「…………」
士道胡亂地抓了抓頭髮，接著用雙手朝著臉頰打了一巴掌。
然後，緩緩抬起原本低垂的視線，說出自己的決定。
「請妳幫助我，琴里……我——想要拯救那個孩子……！」
「——呵呵。」
琴里看似愉悅地豎起棒棒糖。
「這樣才是——我的好哥哥啊！」
接著，改變身體方向、向艦橋下方的船員們說道：
「全體成員，準備執行第一級攻略！」

「是！」

船員們同時開始操作控制台。

琴里一邊眺望這副光景，一邊舔著唇。

「那麼——開始我們的戰爭（DATE）吧。」

◇

「——吶，小珠老師。」

十香目前正待在設置於高中地下室的大型避難所裡避難。為了壓抑慌張不安的心情，十香一邊緊緊握住裙子的下襬，一邊對著坐在身旁的珠惠說話。

「怎……怎麼連夜刀神同學都這樣叫我……」

表現出比剛才略為鎮定的態度，珠惠轉過頭來。

但是，十香完全不理會珠惠表示抗議的眼神，繼續說道：

「剛才的聲音到底是什麼？這裡又是什麼場所？」

「妳……妳在說什麼？剛才的聲音是警報，空間震警報。因為有可能會發生空間震，所以大家才要到地下避難所躲避危險。只要待在這裡，就能確保安全。」

「空間震……？那是什麼？」

看見十香歪著頭，小珠露出更加驚訝的表情。

「咦？是空間震耶，妳不知道嗎？」

「……嗯。」

聽見這句話，十香不悅地撇起嘴。

看來「空間震」似乎是每個人都曉得的字詞。

或許自己不應該問這個問題也說不定。因為士道曾經告誡過十香不能做出引人注目的言行舉止，而且最好是能將這種極端的無知隱藏起來。

然後，或許是不知道該如何面對十香的沉默，小珠慌慌張張地揮著手。

「啊，沒事沒事，沒有關係。原來還是有人不知道呀。」

「……嗯，抱歉。」

小珠再次說了一句「沒有關係」，然後豎起一根手指。

「所謂的『空間震』就是突發性廣域災害的總稱。哎，簡單來說，就是某一天這個世界的某一個地方會突然『碰！』一聲，發生爆炸！雖然有許多學者提出氣壓變化學說、等離子學說等各式各樣的學說，但是真正原因至今依舊不明。」

「——爆炸？」

聽見小珠的說明，十香皺起眉頭。

「是的。至今為止，最大規模的空間震大約發生在三十年前。也就是歐亞大空災。事實上，當時的死傷者超過一億五百萬名，是有史以來最嚴重的大災難。」

「妳……妳說什麼？那不就非常危險！」

「沒錯。所以大家才要逃到避難所——哎，不過現在已經沒有再發生過如此大規模的空間震了。這附近從數年前開始，就只會屢次發生小規模的爆炸而已。」

聽完小珠老師的話，十香皺起眉頭。

「那……那麼在如此危急的時刻，士道究竟跑到哪裡去了？」

「咦……？這……這個嘛……那是……」

珠惠一臉困擾地推了推眼鏡，同時環顧坐在四周的學生們。

「…………」

十香陷入沉默，並且更加用力地握緊裙襬。

「……士道。」

怦通、怦通，胸口傳來心跳聲。

不知道為何……感受到一股不詳的預感。

然後，悸動到達最高潮。

「……！」

十香突然抬起頭來。

「那……個。沒……沒事的。雖然這附近都沒有看見他的身影……不過我想他應該只是有東西忘記拿而已，現在一定已經回到避難所的某處……」

原本正在環視避難所的珠惠，將視線重新挪回到十香身上。然後……

「奇怪……？夜……夜刀神同學？」

但是，十香的身影卻已經消失不見。

◇

「呼……這裡可以嗎？」

被設置在〈佛拉克西納斯〉下方的傳送裝置傳到地面上之後，士道對著戴在右耳的小型耳麥說話。

「可以。精靈已經進入建築物了。千萬不要搞砸與精靈的第一次接觸唷。」

「……知道了。」

臉頰流下汗水的士道說完後，便將放置在耳麥上的手收回來。

然後，做出一個平息心跳的深呼吸。

士道目前位於豎立於商店街前方的大型百貨公司之中。

總而言之，據說〈隱居者〉似乎是出現次數較多的精靈，所以將精靈的行動模式與令音的思考分析做出統合之後，就能大約評估出她的行進路線。

當然，隨著AST對戰方式的改變，行進路線也有可能會跟著產生變化。不過，到時候只要先將士道接回來，然後再前往下一個預測地點即可。

AST的主要裝備——CR-Unit並不適合在室內戰鬥。

理所當然地，他們也有可能會採取與十香對戰時的相同方法——破壞建築物，藉此逼出精靈。不過，在短時間內，他們應該還是會靜靜等待精靈自己離開建築物吧。

然後，這段不確定是數分鐘或是數十分鐘的短暫空檔，就是士道能夠在戰場上與精靈對話的寶貴時間。

「…………」

士道回想起四月中旬時，自己也是戴著這副耳麥，按照〈拉塔托斯克〉的指示與十香對話。

萬萬沒想到才經過一個月而已，自己會再次重返戰場——不過，這也沒辦法。

因為不知道是什麼緣故，士道擁有非比尋常的力量。

據說只要使用那個力量，就能夠阻止空間震再次發生，也能夠讓ＡＳＴ停止對精靈的一切攻擊。

——而且，那正是士道所冀望的事情。

「……哎呀，話雖如此……」

士道輕輕嘆了口氣……因為達成任務的方法是「追求精靈並讓她與自己親吻」。對於士道而言，實在是有點困難。

「——士道。〈隱居者〉的反應往樓層裡移動了。」

「……！」

耳邊突然傳來琴里的聲音，讓士道變得全身緊繃。

然後，就在這個瞬間……

「——你也是……來欺負四糸奈的人嗎……？」

「……！」

頭頂上突然傳來聲音，士道迅速地抬起頭來。

那位少女——〈隱居者〉正以違反地心引力的倒立姿勢漂浮在上空。

「不行唷～四糸奈是一個溫柔的孩子，不可以弄痛她……咦，嗯嗯？」

原本倒立在空中的身體轉了一圈後恢復成正常姿勢，接著降落在地面上。

然後，手偶的嘴巴開始一張一合地說起話來。

「哦呀？我還想說是誰呢？原來是那個幸運的色狼大哥哥呀。」

目不轉睛地打量士道的臉之後，手偶動作靈巧地拍拍手……到底要用什麼方法才能只靠單手就能操作出這些動作呢？

但是，現在不應該將時間浪費在這些問題上。

右耳立刻響起琴里說出「等一下」的聲音。

〈隱居者〉的話才說完沒多久……

①**「啊啊，好久不見。妳好嗎？」大方地打招呼。**

②**「什麼幸運的色狼！妳說誰是幸運的色狼啊！」幽默地吐槽。**

③**「呼……那是誰呀？我是恰巧經過的流浪者啊。」展現自己的男子氣概。**

眺望著顯示在〈佛拉克西納斯〉艦橋主螢幕的三個選項，琴里舔舔嘴唇。

順帶一提，艦橋主螢幕正以特寫方式播放〈隱居者〉的身影，在她周圍則顯示有各式各樣的參數與視窗。

不管怎麼看，都與戀愛模擬遊戲——俗稱美少女遊戲的畫面非常相像。

「全體成員，開始選擇！」

配合琴里的命令，艦橋下方的船員們一起按下手邊的按鈕。

那項結果立刻顯示在琴里手邊的小型螢幕上。

①、②、③的得票數──幾乎相同。

「咦？應該要選②吧！這是美少女遊戲主角常講的吐槽台詞呀！一定是這個！」

其中一名船員提出自己的見解。但是，隨即又有人從別的方向大聲說話：

「但是，不了解對方個性就說出這種話，可能會有危險吧？所以應該選①才是最安全妥當的做法吧。」

「不對、不對，從現有的資料來看，可以知道〈隱居者〉幾乎不會攻擊人類！所以此時應該選③來一決勝負啦！」

「……嗯。」

聽完三方的訴說，琴里用手抵住下巴低聲嘟囔。

然後，朝著麥克風開口說：

「──士道，答案是③唷。」

「……那是什麼答案啊……」

士道坐在地板上，輕聲說話。

琴里的行動指示傳進耳裡。但是答案聽起來卻相當奇特怪異。

「嗚嗯？怎麼了？」

手偶動作靈巧地歪了歪頭。

沒有時間思考了。士道從原地站起身來，將單腳踏上陳列在附近的椅子上……

「呼……我不認識那種傢伙。我是恰巧經過的流浪者啊……」

裝模作樣地說完這句話後，用手將頭髮往上梳。

……老實說，心裡其實感到十分羞恥。

「…………」

〈隱居者〉所操控的手偶露出目瞪口呆的表情，陷入沉默。

就這樣經過數秒之後。

「……喂、喂，琴里。現在該怎麼辦啊？這種氣氛……」

然後，就在士道小聲地對琴里抱怨的這個瞬間……

「噗……哈……啊哈哈哈哈！」

手偶搖頭晃腦地大笑出聲。

「什麼嘛～沒想到哥哥也是個滑稽者呀？啊哈哈，現在幾乎找不到這種人啦～」

「哈……哈哈……妳喜歡就好。」

彷彿要配合手偶般，士道露出苦笑。其實現在也幾乎沒人會使用「滑稽者」這個字詞了，不過還是別講出來比較好。

「你看吧～」

「……是、是，抱歉了。」

聽見琴里充滿得意的聲音，士道輕聲回應後，轉身面向〈隱居者〉。

然後，彷彿刻意配合士道的舉動般，手偶的視線剛好落在士道的臉上。

「呀～但是呀，沒想到會在這種地方與幸運的色狼哥哥相遇呢，啊哈哈！我很歡迎像哥哥這種人來找我們玩唷～但是，大家似乎都很討厭四糸奈呀～如果從這裡被抓出去的話，立刻就會遭受連續不斷的攻擊唷～」

說完後，手偶再次大笑出聲。

「哎呀，真是個活潑開朗的精靈呢。」

右耳傳來與士道相同見解的話。果然，似乎連琴里也這麼認為。

然後，士道從〈隱居者〉的話中，發現一個令人介意的單字。於是輕輕開口問道：

「喂……『四糸奈』是什麼？」

聽到士道的疑問，手偶彷彿在表現驚訝的情緒般張大嘴巴。

「啊啊，真是個大失誤！四糸奈居然忘記自我介紹了！『四糸奈』就是四糸奈的名．字．唷。很可愛吧？很可愛吧？」

「啊，是啊……真是個好名字呢。」

被手偶的興奮氣勢所壓倒，士道不自覺地如此回應。

然後，右耳傳來琴里的訝異聲。

「——四糸奈嗎？哼，這個精靈與十香不同，她擁有自己的名字吶。」

「啊……」

這麼說的話，確實是如此。十香在當時並沒有名字。

「十香」，是士道取的名字。

但是，此時手偶卻突然接近自己的臉，士道的思緒也因此被中斷。

「所以？大哥哥的名字是什麼？」

「啊……我啊。我的名字叫作士道。五河士道。」

「士道呀～很好聽的名字呢。哎呀，不過還是沒有贏過四糸奈呢～」

「喔……喔喔……謝謝。那個……四糸奈？」

「在～什麼事？士道居然能輕鬆地將剛剛才記住的名字安插到對話中，四糸奈我對於這種開拓精神感到非常佩服唷！」

看見手偶以誇張的舉動張開雙手，士道露出苦笑繼續說道：

「不，也不是什麼重要的事情啦。那個……『四糸奈』這個名字——應該不是這個手偶的名字，而是妳的名字吧？」

說完後，將視線投往手偶的後方——也就是藍眼少女所在的方向。

「…………」

然後，從剛剛開始就一直開朗地說著話的手偶，突然陷入一陣沉默。

接下來，透過右耳的耳麥傳來「嗶！嗶！嗶！」的警報聲。

「——士道，心情數值突然一口氣下降許多！你到底說了什麼？」

「咦……？不，我只是不明白她為何一直藉由腹語術說話……」

士道直接將疑問說出口之後，手偶緩緩地移動到臉旁。

「——我聽不懂士道在說什麼呢……什麼是『腹語術』呀？」

語氣聽起來依舊平穩。順帶一提，因為是手偶的緣故，所以表情當然沒有任何改變。

儘管如此，士道卻不知為何感受到一股沉重的壓力，於是往後退了一步。

「不，不是……那個……」

「士道。原因之後再想就好了！總之，現在最重要的是讓精靈的心情變好唷。」

琴里迅速地下達指示。目光漂移不定的士道開口說道：

「說……說得也是呢！四糸奈就是四糸奈呀。真是的……哈哈……哈……」

於是……

「嗯嗯！討厭～士道真是愛開玩笑呀！」

原本凝重的氣氛在瞬間煙消雲散，手偶以尖銳高亢的聲音如此說道。

「……這……這到底是怎麼回事？」

「誰知道呢……哎，就算個性再怎麼友善，對方畢竟是精靈。千萬不可輕忽大意唷。」

士道輕輕點頭，然後再次轉身面向「四糸奈」。

「那個——」

話雖如此，士道一時也想不出該說些什麼。

看見士道說話吞吞吐吐，琴里著急地開口說話。

「不要讓對話中斷。總而言之，盡可能地留住精靈。」

「……該……該怎麼做……」

「那還用問嗎？只要跟她說：『好不容易來到大型百貨公司裡面，如果時間允許的話，就跟我約會吧！』聽懂了嗎？不是『能不能和我約會？』而是『跟我約會吧！』這可是重點唷。不要讓對手有選擇的機會。」

「是……是的……」

雖然有點膽怯，不過士道還是轉身面向「四糸奈」。

「如……如果時間允許的話，就跟我約會吧！」

士道就這樣毫無脈絡可言地將耳朵所聽見的台詞直接說出口。

「……說得這麼直接。你要更加靈活地應對呀！」

琴里用「真是拿你沒辦法」的語氣如此說道。

但是，「四糸奈」卻表現出不以為意的樣子。不，應該說她的情緒變得更加興奮，操控手偶的小手不斷拍掌。

「呵呵～！不錯嘛！真是人不可貌相，沒想到你會如此大膽地邀約。哼哼，當然ＯＫ囉。應該說，好不容易遇見能夠與四糸奈好好說話的人，所以反而是四糸奈想要拜託你呢～」

說完後，哈哈大笑。

「是……是嗎……」

「……哎，反正過程不重要，重要的是結果。」

琴里混雜嘆息的聲音在耳邊響起。士道與「四糸奈」一起走向百貨公司裡。

◇

「…………」

折紙全身上下穿戴著接線套裝以及塞滿彈藥的遠程攻擊裝備，以備戰姿態漂浮在百貨公司的上空。

在她的周圍，有其他數名穿著相同裝備的ＡＳＴ隊員漂浮在空中，並且保持高度警戒。

ＡＳＴ——對抗精靈部隊（Anti Spirit Team），即使在陸上自衛隊的特種部隊中，也算是極為特殊的部隊。

這支部隊使用能將空想轉換成現實的裝置——「顯現裝置」來作戰，目的是對抗毀滅世界的災難——精靈。

但是，由於能使用將顯現裝置運用於戰術性戰鬥的裝備——戰術顯現裝置搭載組合（Combat Realize Unit）的人才有限，所以才會有像折紙一樣的非正規隊員存在。

居住在駐防基地之外，而且要到學校上課。只有發生緊急狀況時才會出動。

待遇方面，大約等同於出勤率極高的預備自衛官。

「…………」

雨滴接連不斷地敲打在展開於四周的隨意領域表面。

精靈——〈隱居者〉入侵大樓內以後，已經過了大約一個小時。

但是，〈隱居者〉卻一直潛藏在室內，直到現在還不打算現身。

「——真是頑強呀。」

然後，折紙透過通訊器聽見部隊隊長——日下部燎子的聲音。

「以〈隱居者〉來說，這算是非常罕見的情形呢。居然會逗留在同一個地方。平常總是給人蹦蹦跳跳地飛來飛去的印象。」

沒錯。〈隱居者〉的行動模式幾乎只有「逃跑」這個應戰方法。

無論折紙她們發動多麼猛烈的攻勢也不會反擊，只是一味地逃跑。

如果是因為〈隱居者〉已經懂得利用躲在室內的方法，來度過消失前的這段時間——那麼對於折紙而言，這可是她不願樂見的事態。

「攻擊許可呢？」

折紙以平靜的聲音詢問。然後燎子以混雜嘆息的聲音回答：

「——基本上已經提出申請了。不過上級要我們待命。」

「即使建築物崩塌了，還是可以修復。」

「……哎呀，這個想法雖然合理，但是事情可沒有這麼簡單。要出動重建部隊也是需要經費的——最重要的是，如果是像上次的〈公主〉(Princess)等級，那還說得過去。但是，這次的目標只是膽小鬼〈隱居者〉耶！」

「…………」

〈公主〉。

聽見這個識別名，折紙的眉毛微微抽動了一下。

雖然不清楚事情的來龍去脈，但是擁有這個識別名的精靈，現在正以人類少女——夜刀神十香的身分，與折紙在同一所學校上課。

理所當然地，折紙在確認十香的存在之後，便立即向燎子報告。

但是，不知道什麼原因，從她身上檢測不出精靈的反應，因此無法獲得攻擊許可。

即使強行對她展開戶籍資料調查，但是依舊沒有發現任何疑點。

所以，至少以現階段而言——即使折紙對此感到相當不滿——她已經算是折紙她們理應守護的日本國民之一了。

然後——

「……？」

折紙不自覺地瞇起眼睛。

一瞬間，似乎看見美麗的黑長髮照映在視野邊緣。

沒錯。看起來簡直就像是十香的頭髮般。

折紙望向下方——沒有任何人影而且不斷下著雨的大馬路。

「…………」

但是，並沒有發現十香的身影。

折紙沉默不語地搖搖頭。看來自己變得有點神經質了。

如果在這裡讓精靈逃跑的話，情況將會變得慘不忍睹。折紙輕輕嘆了一口氣，然後重新振作精神，更加用心地持續警戒。

◇

——與「四糸奈」相遇後，到底經過多少時間了呢？

士道與「四糸奈」一邊在百貨公司裡來回走動，一邊熱絡地聊天。

當然，琴里偶爾會突然下達指令——但是笑點很低的「四糸奈」，即使聽見一些微不足道的小事，也會哈哈大笑。

事實上，在負責監控她精神狀態的〈佛拉克西納斯〉艦橋裡，似乎也顯示出相當不錯的數據。

兩人進展得非常順利，幾乎就要讓人誤以為先前的態度驟變只是一場誤會。

「——嗯，沒想到能進展得如此順利。」

琴里如此說道。

「可能是因為原本的個性就較為親近人吧？好感度的數值也很高唷。即使現在立刻要求親吻，應該也不會拒絕吧？」

「……喂、喂。」

無法確定琴里是開玩笑還是認真的，士道搔了搔臉頰。

不過，事實上，連士道也頗為震驚。

因為現在雖然已經可以跟十香正常對話，但是第一次見面時，十香非常不信任人類。因此士道還曾經體驗過只要說錯話，就有可能會被殺死的恐怖經驗。

但是……

「果然跟人聊天是一件快～樂～的事呢～那些人真是不解風情呀～」

「哈……哈哈……」

士道以曖昧的語氣回應手偶用嘴巴一開一合所說出的話。

……該怎麼說呢？果然……還是很介意。

原先冀望能熱絡聊天的願望已經實現，心情與好感度的數值也已經上升，也沒有出現任何問題……理當如此才對，但是……

「…………」

士道沉默不語地看了正在操控手偶的少女一眼。

昨天相遇的時候，還有今天也是如此。滔滔不絕講話的只有以腹語術說話的手偶，但是少女本人的嘴巴卻動也沒動過。

簡直就像是……沒錯，簡直就像是人偶淨琉璃的黑子（註：身著黑衣在舞台上操控木偶的表演者）一樣。

「——喔喔？」

「…………！」

然後，感受到手偶冷不防地往這邊靠近，士道的肩膀顫抖了一下。

「好棒呀！那是什麼！」

手偶興奮地揮舞雙手，然後朝著那個地方走過去。哎，理所當然地，是用操控者本人的雙腳走過去。

引起「四糸奈」注意的，似乎是被搭建在玩具賣場角落，專門給小孩子玩的小型攀爬架。

使用雙手與右手，靈巧地攀爬上色彩繽紛的玻璃纖維城堡。

然後，當她爬到頂點時……

「哇~哈哈，怎樣呀，士道！很厲害吧？四糸奈很厲害吧？」

語氣興奮地提出這個問題。

「喂、喂，妳站在那這地方很危險喔！」

那畢竟只是給小孩子玩的室內小型攀爬架，所以體積不算高大。但是如果從頂端摔下來，也是有可能會受傷的吧。

不，雖然明白她能夠在空中飛舞，但是士道的腦海內始終殘存著昨天的「滑倒了啊啊啊啊啊啊！」的印象。

士道慌慌張張地跑到攀爬架旁邊。

但是，「四糸奈」卻不悅地揮舞手偶的小手。

「真是的，我是在問你四糸奈是不是很厲害呢——哎呀，哇……哇哇……！」

「什——！」

或許是因為那個動作破壞了原有的平衡，「四糸奈」猶如跳舞般在攀爬架上揮著手，最後往士道的上方摔下來。

士道就這樣以被「四糸奈」壓倒的姿勢摔倒在地板上。

「嘖……好痛……」

仰躺在地，士道如此說道。不知為何，覺得門牙有點痛。

然後——就在此時，士道察覺到一股不協調感。

少女的藍色頭髮以及五官端正的容貌近在眼前。

——而且嘴唇附近，剛好可以感受到奇妙的柔軟觸感。

「——！」

經過數秒之後，大腦才理解自己現在身處於怎樣的狀況之中。

「……哇啊。幹得好呀，士道。」

就連琴里也沒預料到會發生這種事情，不由自主地發出驚嘆聲。

這也難怪。因為士道現在——與從上方摔下來的少女，兩人的嘴唇緊緊相貼在一起。

「…………」

——沒有說話，「四糸奈」站起身來。兩人的嘴唇也在此時分開。

沒想到……居然接吻了。

但是，如此一來，應該就可以封印「四糸奈」的能力了。

不過……該怎麼說呢？上個月與十香接吻時，有股溫暖的東西流入體內。但是這次士道並沒有感受到相同的感覺……

——然後，就在此時，耳麥的另一頭再次響起刺耳的警報聲。

「什……」

士道皺眉說道。力量應該已經封印了啊？

但是，這個聲音應該只會在精靈的心情指數下滑，士道面臨危機時才會響起。

也……也就是說，「四糸奈」現在——

「好痛痛痛啊……抱歉、抱歉，士道。都是我太粗心大意了！」

但是，「四糸奈」卻操控手偶做出嘴巴一開一合的動作，以平靜的聲音如此說道。

「咦……？」

驚訝地睜大眼睛。完全看不出「四糸奈」在生氣。

那麼，耳邊響起的警報聲究竟是代表什麼？

「──士道，緊急狀況！……而且還是最惡劣、最糟糕的……」

琴里一反常態，著急地說道。

「啊……？到底是什麼……」

颯！後方傳來猶如將腳踏在地板上的腳步聲，讓士道的肩膀顫抖了一下。

他戰戰兢兢地轉過頭去。

在那裡──士道看見一張令人感到意外的臉孔。

「十……十香……」

他瞪大眼睛，呼喚站立在那裡的少女之名。

沒錯，佇立在眼前的人，正是理應在來禪高中地下避難中心避難的十香。

而且可能是因為淋雨的關係，全身濕淋淋的。順帶一提，十香在剛剛似乎用盡全力奔跑過來，所以現在的呼吸相當急促。

「──士道！」

彷彿要打斷士道的思緒般，十香搖晃著身體開口說話。

不知為何，明明只是被呼喚名字而已，士道卻感受到一股惡寒竄上背脊。

「……你剛剛……在做什麼？」

「……呃，做……什麼……」

聽見這個問題，士道下意識地想要觸碰嘴唇——但又立即改變主意，將手放到背後。

但是，十香似乎相當不滿那個舉動，露出猶如正在耍脾氣孩子般的表情，從喉嚨擠出顫抖的聲音。

「——我……我是那麼地擔心你……」

「咦……？」

「沒想到你居然在跟女生卿卿我我，這是怎麼回事呀啊啊啊啊啊啊啊啊！」

咚——！

就在十香大聲吼叫，用腳大力踏向地板的瞬間，以那個位置為中心的地板突然發出「碰轟！」的聲響向下凹陷，周圍同時出現放射狀的裂痕。

「什……什什什什什什……」

面對這個突發狀況，士道驚恐地瞪大了眼睛。

普通的女子高中生即使用力跺腳，也不可能會使地板凹陷。

當然，十香並不是普通的女子高中生……但是，十香目前處於精靈的力量被封印的狀態下，身體的能力應該不會超出常識範圍才對。

「這……這是怎麼回事，琴里……！」

士道對著耳麥提出疑問，然後傳回琴里混雜著嘆息的回答。

「所以……我之前不就說過了嗎。士道與十香被一條線路聯繫在一起，所以只要十香的精神狀態變得不穩定，力量恐怕就會逆流。」

「啊……啊啊？那是什麼意思？現在十香的精神狀態不穩定嗎？」

「沒錯。在事情惡化之前，趕快想辦法讓十香的心情變好吧。」

「話……話雖如此，但是到底該怎麼做啊……」

就在兩人交談的期間，十香走到士道與「四糸奈」的身邊。

以銳利的視線來回地看了兩人一眼，「姆姆姆……」地緊咬嘴唇，然後用眼睛瞪著士道，舉起手指指向「四糸奈」。

「……士道。你之前說『重要的事情』，就是與這個小女孩見面嗎？」

「啊，不是，那個……」

哎呀，從字面上看起來確實是如此。但是如果現在說出「Yes」的話，不免讓人懷疑十香能否真正理解士道的本意。

然後，就在此時……

「……哎呀，哎呀……不是這樣的……」

原本因為十香的出現而愣在原地的「四糸奈」，突然發出尖銳的聲音。

到底打算怎麼辦呢？兔子的臉上浮現惡作劇般的微笑。
「大姊姊？那個——」
「……十香。」
聽見手偶的話，十香怒氣沖沖地做出回應。
「十香。雖然這麼說對妳有點不好意思，但是士道似乎厭倦妳了唷？」
「什……！」
「……！」
十香與士道同時屏住呼吸，望向手偶的方向。
「不是啦，該怎麼說呢？聽見你們的對話，士道似乎破壞了與十香之間的約定，跑到四糸奈身邊來了？這樣講妳應該很明白了吧？」
「……！」
十香的肩膀晃動了一下，露出泫然欲泣的表情。
「妳……妳這傢伙，在胡說些什麼——姆咕！」
就在士道打算大聲反駁手偶的發言時——嘴角突然被十香抓住。
「士道暫時先閉嘴。」
散發出不容分說的魄力，用宛如老虎鉗般的力量緊緊夾住顴骨。

「……！……！」

手偶以樂於看見這種情形發生的愉悅語氣繼續說道：

「哎呀～真是抱歉呀，這都要怪四糸奈太有魅力了唷。」

「咕……咕咕……！」

「並不是說十香哪裡不好喔！只是呀，就算士道捨棄十香來到四糸奈的身邊，也不應該責怪他呀。」

「嗚……嗚啊！」

短時間內，十香一邊捏著士道的臉頰一邊顫抖著肩膀，達到忍耐極限而大叫出聲。

終於從士道臉上放開手。

「囉……囉唆！閉嘴閉嘴閉嘴！沒有用的！妳這麼做是沒有用的！」

「咦～妳說沒有用？但是妳看妳看，連士道也說得很清楚唷？說十香是沒有人要的小孩。」

「……！」

瞬間，十香一把揪住手偶的胸口。

當然，那只是個小小的手偶，因此很容易就從少女手上脫落，然後被舉到半空中。

「…………！」

然後，被取走手偶的少女睜大了眼睛。

下一瞬間，少女的眼球不斷轉動、臉色變得蒼白、臉上布滿涔涔汗水。順帶一提，呼吸看起來很急促，指尖也開始顫抖。

「四……四糸奈……？」

士道一邊撫摸還在疼痛的臉頰，一邊以驚訝的眼神看向模樣突然產生改變的「四糸奈」。

但是，十香似乎沒有察覺「四糸奈」的異樣。十香對用雙手抓住的手偶投以如同刀子般的銳利眼神，並且不斷逼問：

「我……我才不是沒人要的小孩！士道……因為士道曾經說過我可以待在這裡！我不允許妳再繼續愚弄我！喂，妳為什麼都不說話！」

似乎誤以為說話的是手偶本身，十香抓住兔子的領子用力搖晃。

「……！……！」

看見這副景象，「四糸奈」發出不成聲的悲鳴。

剛剛所展現的從容不迫彷彿是騙人般，全身猶如一隻吉娃娃般不斷顫抖。

然後，似乎要躲避視線般，「四糸奈」將斗篷帽子往下拉，然後怯生生地拉住十香的衣服。

「嗯？什……什麼事？別來礙事。現在我正在跟這個傢伙說話。」

「——請……妳……還給我……！」

為了拿到被十香用雙手高高吊起的手偶，「四糸奈」開始蹦蹦跳跳地往上跳躍。

這麼說來，自從昨天相遇後，這還是士道第一次聽見她的聲音呢。

「——你在做什麼啊，士道。連四糸奈的精神狀態都開始動搖了唷。快點阻止她們！」

右耳響起琴里的聲音。

士道搔了搔臉頰，以小心翼翼的語氣說：

「喂，我說十香。那個……可以將那個手偶還給她嗎？」

「…………！」

然後十香一臉錯愕地瞪大眼睛。

「士道……果然……你比較重視那個女孩……」

「什……什麼？不，不是這樣的——」

然後，幾乎與此同時……

「……！〈冰結傀儡(Zadkiel)〉……！」

「四糸奈」高高舉起右手，然後往下一揮。

瞬間——一個巨大人偶撞破地板出現在那裡。

「什……！」

是個全長近乎三公尺、外表矮胖的人偶。身體表面猶如金屬般光滑，各處刻有白色花紋。

然後，在看似頭部的部位，可以看見猶如兔子般的長耳朵。

「人……人偶……？」

「——這……這是什麼——？」

士道與十香同時發出聲音。

當「四糸奈」穩穩趴在從自己腳下現身的人偶背上後，便將雙手插進背上的兩個空洞裡。

下一瞬間——人偶的眼睛閃耀紅色光芒，看似笨重的身軀開始顫抖。然後，咕喔喔喔喔喔喔喔喔喔喔喔喔喔——人偶發出低沉咆哮聲。

配合這個舉動，人偶全身上下也同時噴出猶如白色煙霧的物體。

「好冷……！」

下意識地把腳縮回來。

那個煙霧簡直就像是由液化氮所散發出來的氣體般，溫度非常低。

「——居然在這個時機點顯現天使……！士道，不好了，快點逃！」

「什……什麼……？妳說的『天使』是什麼呀！」

右耳響起琴里的叫聲，士道不加思索地提高音量。

「現在正出現在你的眼前呀！與保護精靈的最強之盾——靈裝成對的最強之矛！讓精靈足以成為精靈、『擁有形狀的奇蹟』！你忘記十香的〈鏖殺公〉(Sandalphon)嗎！」

〈鏖殺公〉。聽見這個名字，士道的眉毛不禁抽動了一下。

上個月，當十香還保有精靈力量時所顯現的巨大王座。還有那把劍。

這件事情所代表的意思，相當簡單明瞭。

也就是說——雖然已經接吻了，卻沒有封印精靈的力量。

接著，「四糸奈」輕輕拉動雙手，人偶——冰結傀儡立即發出低沉的咆哮聲，同時將身體向後仰。

於是，百貨公司側面的玻璃窗逐一破碎，雨水因此飄進樓層內部。

不——正確來說，情況有點不一樣。

並非窗戶破裂所以才讓雨水飄進來，反而比較像是雨珠以驚人的雨勢，從外部打破玻璃窗。

「咿咿……！」

士道訝異地睜大眼睛、雙腳不斷顫抖，看著聳立在前方的人偶——那尊惡狠狠地瞪視十香的人偶。

「……！十香！」

話才剛說完，士道便牽起十香的手，將她的身體緊緊抱在懷裡後倒臥在地板上。

「什……士道！」

十香的聲音震動鼓膜。然後，幾乎與此同時，許多猶如子彈般的物體穿過剛剛十香身體的所在位置。

那些物體誇張地射穿周圍的商品架，接著變成透明的液體流向地板。

「雨……雨水……？」

沒錯。從破裂的窗戶飄進來、猶如冰雹般堅硬的雨滴，無視地心引力地射向十香。

然後——就在此時，「四糸奈」所駕駛的〈冰結傀儡〉開始行動了。

「……！」

剎那間彷彿要守護十香般，士道將自己的背轉往〈冰結傀儡〉的方向。

但是，〈冰結傀儡〉以與笨重外型不相符的靈敏動作踏向地板，通過剛剛十香的所在位置後，就這樣從破裂的窗戶飛往室外。

途中——以相當於嘴巴的部位叼起從十香手中掉落到地面上的手偶。

「…………」

士道以視線追隨「四糸奈」的背影，然後輕輕張開嘴巴說道：

「得……得救了……嗎？」

「……沒錯。反應已經完全消失了。真是亂來呀，士道。」

右耳傳來這句話。

「不……但是為什麼會突然——」

然後，話還沒說完……

「夠了沒，快點放開我……！」

臉部被抓住的士道在原地轉了一圈。

「嗚啊……！」

無須多加思索，原因便是剛剛還在士道懷裡的十香。

她紅著臉、咬緊牙關，露出與任性小孩沒兩樣的表情，以聳起肩膀的姿勢在原地站起身。

「十……十香……？」

「……！不准碰我！」

「好痛……！」

看見士道不自覺地皺著眉將手收回，十香在瞬間露出驚訝的神情。

但是隨即發出「姆姆姆……」的呻吟聲，然後別過臉。

「妳……妳怎麼了嘛，十香……」

「吵死了！不要跟我說話！反……反正比起我，你更加重視那個女孩吧……！」

「什……麼啊……？妳在說什麼——」

士道驚訝地說完這句話後，十香開始焦躁地用腳踢地面。

「嗚……嗚……嗚嗚嗚嗚嗚——」

「等……嗚哇……！」

每踢一次，地面就會出現裂痕，並且漸漸凹陷。
士道到最後還是無法保持平衡，當場摔倒在地。

◇

「──通知ＡＳＴ全員。精靈有所行動了。確認反應後立即展開攻擊。」
全身被接線套裝所包覆的折紙，聽見了這道訊息。
「──了解。」
折紙如此回應。重新拿好裝備在雙手的對精靈格林機槍〈All Dist〉。
現在身上的裝備屬於遠程攻擊類型武器，主要功能是「能從對手射程外的距離，發射出大量子彈」。
一邊觀察〈隱居者〉現身的同時便開始下個不停的雨被隨意領域表面彈開的情況，一邊小心翼翼地注視著建築物以及直接顯示在視網膜上的精靈反應。
一瞬間……
──轟！伴隨著這個聲音響起，大樓的牆壁被吹飛，掀起一陣沙塵。
與此同時，投影在視網膜上的精靈反應亮起燈號。

「——射擊！」

就在隊長燎子下達命令的同時，包含折紙在內的全部人員一起扣下格林機槍的扳機。

發出轟隆巨響，幾百發子彈射進大樓內，揚起大量沙塵。

「…………」

折紙維持扣緊扳機的姿勢，瞇起眼睛。

藉由隨意領域而變得敏銳的超視力，在沙塵中捕捉到高速移動的人影。

折紙沉默不語地向腦內下達指令。

與此相應，裝備在腳部的小型飛彈發射器立即展開，瞄準〈隱居者〉後從左右兩邊各發射出十發追蹤飛彈。

「——！」

穿越過對精靈格林機槍所發射出去的槍林彈雨之後，立即看見逼近眼前的追蹤飛彈。精靈——〈隱居者〉露出驚訝的表情。

「……！」

〈隱居者〉用雙手一拉，人偶立刻在空中翩翩飛舞，擺脫追蹤彈的追擊。

但是，就在此時，折紙以外的ＡＳＴ成員也已經捕捉到精靈的身影了。

後方出現追蹤飛彈，還有遭受來自各個方位發射出來的大量格林子彈攻擊。要全身而退恐怕是不可能的事情了。

「呀——」

就在折紙以超聽覺聽見猶如細小悲鳴聲的時候，全部子彈也在同一時間命中目標。響起巨大的爆炸聲。

雖然精靈穿在身上的靈裝應該能化解大部分的攻擊——如果是〈公主〉等級的話倒還說得過去，但是〈隱居者〉是絕對不可能毫髮無傷。

事實上，已經確定巨大人偶從原先中彈的位置往下方墜落。

「——很好！不要停止攻擊呀！射擊！射擊！」

燎子的命令響起。但是——

折紙扣緊扳機的手指微微抽動了一下。

因為精靈的身體與巨大的人偶漸漸從空間中消失。

「消失……了？」

不知是誰的聲音，傳進ＡＳＴ全體隊員的耳裡。

精靈回到被稱為「鄰界」的異空間，就稱為「消失（Lost）」。

以武力殲滅精靈是ＡＳＴ的目的。但是要完全擊敗擁有強大戰鬥能力的精靈，其實是相當困難的一件事情。所以通常都會以「精靈的消失」來當成作戰的終點。

於是，陽光從雲層縫隙傾洩而下。

敲打隨意領域的雨水嘎然停止。

「——全體成員，返回基地囉。」

「…………」

聽見燎子的聲音，折紙將槍口放低，解除備戰姿勢。

但是，就在折紙跟在燎子背後準備返回基地的時候——

「……？」

經由隨意領域強化過的視野中，折紙發現令人在意的事物，於是暫時降低飛行高度。

第三章　那是非常扭曲的慈悲

「喂～十香～……」

發出困擾的聲音，士道叩叩地敲著門。

但是……得不到任何回應。

「十香……拜託妳，聽我解釋……」

士道再一次地，一邊說話一邊敲門。

然後──咚！發出一聲巨響，整個家裡產生晃動。

「……！」

面對這個突發狀況，肩膀不自覺地抖動了一下。

然後，從士道剛剛一直在敲的那扇門的另一側，傳來模糊不清的聲音。

「……哼，不要管我……快點滾開！笨蛋！」

說完這句話之後，就沒有其他回應了。完完全全地，是在鬧彆扭。

「唉……到底該怎麼辦呢？真是的……」

已經束手無策的士道用手扶住額頭，憂鬱地嘆了一口氣。

士道目前站在五河家二樓最裡層的一扇門前——門上貼著一張紙，紙上以歪七扭八的字體寫著「十香」兩個字。

現在大約是距離「四糸奈」消失並且前往鄰界的五個小時之後。

後來〈佛拉克西納斯〉前往現場迎接兩人，然後順利回到家……但是一踏進家門，十香就將自己關在房間裡不肯出來。

「——士道，有時間嗎？我想跟你確認一件事情。」

然後，一直戴在右耳上的耳麥傳來琴里的聲音。

「啊……？什麼事啊？我現在很忙——」

「士道，你的的確確有跟四糸奈接吻吧？」

「……啥？怎麼突然……」

士道的聲音因為這個預料之外的問題而變得尖銳。

「別管那麼多，只要回答我的問題。士道在那個時候確實有碰觸到四糸奈的嘴唇。我說得沒錯吧？」

「……沒……沒錯……」

「嗯……」

「那……那又如何呢？我先聲明，那完全是因為意外——」

「我知道。如果是刻意的話，我反而會大大誇獎你。」

「……那麼，到底哪裡有問題？」

士道提出疑問後，琴里先是「嗚~嗯」地低聲嘟囔後，才回答這個問題。

「——照當時那個情況看來，雖然士道你已經與精靈接吻了，但是卻完全沒有封印住精靈的力量。」

聽見這句話，士道睜大眼睛。

沒錯。即使接吻後，「四糸奈」還是可以使用精靈的力量。

「哎，四糸奈的好感度不像十香那樣高，所以無法封印全部力量也是理所當然的事情——但是我還是有點介意『完全沒有封印力量』這件事情。以數據來判斷，在那個階段至少能封印個二三成的力量。」

說完後，琴里再次發出「姆嗚嗚」的嘟囔聲。

「……會是四糸奈擁有某種特殊的能力嗎？還是——」

「喂……喂，琴里。雖然四糸奈的問題也很重要，但是……那個……」

士道一邊說一邊看向十香房間的房門。

琴里或許也察覺到士道的想法，隔沒多久便回答：

「——啊啊，十香的事情嗎？現在情況如何？」

「束手無策……從剛剛開始我就一直想跟她說話，但是她完全不理人。」

「原來如此。從數值來看，暫時性的顯在化力量似乎已經藉由線路再次被封印了——不過還是盡早讓她的情緒恢復正常比較好唷。」

「恢復情緒……該怎麼做呢？」

「……小士。如果你同意的話，可以將這件事情交給我處理嗎？」

士道提出問題之後，便從耳麥聽見充滿睏意的聲音——是令音。

「咦……？」

「……現在她應該還在氣頭上吧。我記得明天是星期六吧？白天時，可以將十香交給我嗎？對了……就以『採買生活用品』這個理由作為藉口吧。」

「那是無所謂。不過為什麼呢？」

士道如此說道。令音沉默片刻後，嘆了一口氣。

「……這種事情，當事人不在場的話，會比較好唷。這是少女心的微妙之處。請你務必牢牢記住。」

「是……是的……」

士道感到有點困惑地搔了搔臉頰。

◇

「……事情的原委就是這樣，十香。所以我想出門買東西，能拜託妳陪我一起去嗎？」

隔天，五月十三日（星期六）。上午十點。

如同昨天所言，令音在今天拜訪五河家，並且在十香的房門前如此說道。

身上的打扮並不是平時常穿的白衣或軍服。而是胸口有隻傷痕累累的小熊布偶探出頭來的針織衫，搭配暗色系的褲子以及肩揹背包這種購物風格的打扮。

但是，十香卻與昨天相同，從門的另一側發出不耐煩的聲音。

「囉唆！不要管我……！」

聽見如此粗魯的語氣，站在令音身邊的士道嘆了一口氣。

「從昨天開始就是那種態度。」

「……嗯。」

令音彷彿正在沉思般，將手抵住下巴。

從背包中拿出類似電腦的小型終端機，然後使用單手開始操作。

令音注視著畫面，接著將終端機收回去，朝著房門往前踏出一步。

「……十香。」

「我不是說過不要管我嗎……！我——」

「……除了買東西之外，我們順便到外面用餐吧。好嗎？」

令音說完後，十香突然陷入一陣沉默。

然後，經過數十秒之後……

嘰！房間的門被打開，露出不悅表情的十香從中探出頭來。

可能是從昨天開始就沒換衣服，穿在身上的高中制服看起來還濕答答的。順帶一提，因為徹夜未眠的關係，所以眼睛周圍也浮現了黑眼圈。與令音走在一起的話，或許會被人說是一對姊妹吧。

「什……！」

士道驚訝地睜大眼睛。

「令……令音……？妳到底做了什麼……？」

「……沒做什麼。只是因為十香的飢餓數值持續上升。所以我認為差不多要抵達界限了。」

「原來如此……但是，昨天叫她吃晚飯時，她還是沒有出來啊……」

「……哎呀，那應該是因為不想見到你的關係吧。」

「…………」

若無其事地說出這種殘酷的話。

但是，這也是事實。終於肯踏出房門的十香一看見士道便立刻別過臉，然後緩緩地走過去。

「快走吧！」

「……嗯，就這麼辦吧。今天也是從早上開始就下著雨。不要忘記帶傘喔。」

令音一邊說話，一邊朝著士道使眼色。彷彿是在說「交給我吧」。

「……拜……拜託妳了～」

士道只能目送兩人離去。

接下來的數分鐘內，士道就這樣呆站在原地。

「呃……」

不久，士道立即察覺自己正在浪費時間。輕輕地拍拍臉頰、振作起精神，然後走下樓梯。

「學校今天放假……我也趁上午的時間去買東西吧。」

昨天放學時，本來打算繞到商店街。但是因為發生許多事情的緣故，所以士道一直無法出門買東西。

士道迅速地換好衣服，然後拿著雨傘出門。

「門鎖——哎，先上鎖吧。反正琴里還在睡覺。」

說完這句話，士道便將門上鎖。然後，士道的腳步聲開始在雨中道路響起。

——然後，不知道走了多久。

「…………！」

在前往商店街的路途中，看見熟悉的背影，士道因此停下腳步。

發覺那是裝飾著兔耳的綠色斗篷。

「四……四糸奈……？」

士道皺著眉，叫出這個名字。

沒錯，因為昨天的空間震而遭受破壞，現在禁止其他人進入的那塊區域的對面，可以看見精靈「四糸奈」的身影。

士道躲藏到牆壁後方，目不轉睛地盯著「四糸奈」的樣子。

「警報……沒有響起啊……與十香相同的模式嗎？」

這麼說來，第一次遇見「四糸奈」時，警報也沒有作響。難道說，她或許是能頻繁地來回穿梭在這個世界與鄰界的精靈？

「……但是，該怎麼做才好……？」

既然已經看見了，就不能放任不管。但是，士道又不知道該如何是好。

士道思考了一會兒，然後——按下手機的按鈕。

鈴聲響了一陣子後，接通的手機傳來睡意濃厚的聲音。

「……呼啊～……喂……？哥哥……？」

很明顯地可以聽出來是剛剛才起床的聲音。當然，聲音的主人是士道的妹妹——琴里。

「哦！早安呀，琴里。」

「嗯……早安。什麼事……？」

「……緊急狀況。我發現四糸奈了。」

「………………」

就在士道說完的瞬間，可以聽見從電話的另一側傳來「啪！啪！」兩聲，聽起來像是大力拍打臉頰的聲音。

然後，馬上又傳來與方才完全不同、語氣嚴肅的聲音。

「——告訴我詳細狀況。」

「好……好的。」

雖然被她的語氣所震懾，不過士道還是簡單地說明現在的狀況。

「……原來如此。又是靜穆現界嗎？真是麻煩——所以，精靈應該還沒察覺士道的存在吧？」

「啊啊……應該是吧。現在該怎麼做才好？」

「你有將耳麥帶在身上嗎？」

「咦？啊啊——應該有吧。」

士道輕輕敲打口袋，確認口袋裡確實有小型機械的觸感。

自從發生十香的那起事件，士道就被要求要隨時攜帶耳麥，以備不時之需。

「很好。戴上那個後在一旁待命，不要看丟精靈！」

「咦？等——」

——嗶！嘟！嘟！嘟！電話被掛斷了。

「要……要我待命……」

這種草率的指示，讓士道皺起眉頭。

但是，現在也只能這麼做了。依循指令配戴上耳麥，然後窺探「四糸奈」的情況。

然後，經過不到五分鐘，從耳麥傳來妹妹大人的聲音。

她似乎在這段短時間內完成準備工作，並且移動到〈佛拉克西納斯〉了。

「——聽得見嗎？士道。」

「……嗯，聽得見。」

「不能繼續對她放任不管唷。總而言之，試著與她進行接觸吧。」

「……知道了。」

做出一個深呼吸，士道慢慢地走向「四糸奈」。

「四糸奈」完全沒有發現士道的存在，只是拚命地盯著地面。

「……那麼，我要跟她說話囉。」

「好。——呃，等一下！」

就在士道準備與精靈進行接觸時，艦橋的大螢幕上突然跳出一個視窗。

①出聲說話的同時，仰躺在地上並且露出腹部，表現我方毫無敵意的一面。

②立刻給她一個緊緊的擁抱，傳達我方的愛意。

③為了證明我方沒有攜帶武器，脫光衣服後再出聲說話。

螢幕上顯示三種不會刺激精靈的方法。

「嘖，令音不在場，事情會變得比較棘手。不過也沒辦法了。」

琴里瞄了一眼位於艦橋下方的空位，輕輕彈舌。

的確，現在令音應該正帶著十香去買東西。所以也不能丟下十香一個人，讓她感到不高興。

「——全體人員，選擇！」

發號命令的同時，琴里手邊的螢幕上也顯示出船員們的選擇結果。

——①、②、③。全部的選項幾乎獲得相同的票數。

「嘖，票數分散得真平均呀。」

琴里為難地低聲呢喃。此時從艦橋下方傳來說話聲。

「答案是①唷！對動物而言，露出腹部是投降的姿勢！應該可以讓對手感到安心才對！」

「可笑！當然是選②啊！兔子太過寂寞的話，可是會死掉的！」

「她只是穿著兔子斗篷而已，又不是兔子！最重要的是，司令，答案絕對是③！向對方證明我方沒有攜帶武器的最好方式就是全裸！只能這麼做了！」

「吵死了，老女人！妳只是想要看男子高中生的裸體而已吧！」

「什……你在胡說什麼！你不知道嗎！假如想要說服在現代甦醒的原始人，最有效的方法就是全裸唷！」

「那是什麼邏輯呀！總而言之，選②啦，選②！」

「不，是①才對！」

「全裸！全裸！」

「……閉嘴！」

碰！用力拍打控制台，朝著興奮過度的船員們大聲一喝。

然後，在一片鴉雀無聲的艦橋中，琴里慢慢地拿起麥克風……

「——士道，跟她說話之前，先把衣服脫了。」

平靜地，如此說道。

艦橋下方，有幾名女性船員，不知為何還有一名男生船員，全都做出了勝利的姿勢。

但是……

「對不起喔！」

透過擴音器傳來士道聽似悲鳴聲的叫聲，與此同時……

「……！」

畫面中，「四糸奈」的肩膀顫抖了一下。

「……！糟糕！」

就在士道大叫出聲的瞬間，「四糸奈」驚訝地回過頭來。

臉色蒼白、牙齒喀搭喀搭地打顫，全身也開始微微發抖。

「……咦……咿……！」

然後，露出泫然欲泣的表情，高高舉起右手。

士道在瞬間感受到心臟被捏緊似的錯覺。

士道記得那個動作。那是昨天「四糸奈」讓巨大人偶顯現時所做的動作。

「等……等一下！冷靜一點！」

但是，即使這麼說，對方應該也聽不進去。
琴里似乎也注意到「四糸奈」的動作，大聲叫道：
「士道！如果現在還來得及的話——選①！躺到地上然後把肚子給她看！」
「什——什麼……！」
「快點！」
沒有其他方法了。
士道將雨傘丟在原地，然後一轉身，橫躺在被雨淋濕的道路上。
「輸了！我投降！」
「……！」
瞬間，正準備往下揮手的「四糸奈」露出目瞪口呆的表情。
接下來，戰戰兢兢地將右手收回到原來的位置，然後開始觀察士道的樣子。
「……成……成功……了嗎？」
「——應該是吧。試著跟她說話吧，千萬不要刺激到她。」
聽完琴里的話，士道維持橫躺在地上的姿勢，緩緩抬起頭。
「妳……妳好……」
「…………」

即使出聲向她搭話，「四糸奈」仍然以警戒的眼神瞪著士道。

「今……今天過得如何呢……？」

「…………」

「雨……雨下得好大啊……」

「…………」

一語不發。

「……這是怎麼回事？」

於是，士道歪了歪頭。

或許是自己眼花也說不定，但是——剛剛，士道似乎看見了「四糸奈」的左手。

也就是說，她的手上沒有戴著手偶。

就在士道困惑地皺起眉頭的時候，耳邊再次響起琴里的制止聲。

〈佛拉克西納斯〉的艦橋螢幕再次出現選項。

①不屈不饒地出聲搭話並且走到對方身邊，拉近彼此之間的距離。

②為了重整陣勢，先暫時撤退。

③詢問對方沒有戴上手偶的理由。

「嗯……」

眺望著顯示在手邊小型螢幕上，經由船員們投票的統計結果，琴里輕聲嘟囔。

得到最多票數的是第③選項。果然，大家似乎都很在意她沒有戴上手偶的這件事情。

的確，那也是琴里必須確認的事項。

「士道，答案是③。或許四糸奈的手偶不見了，所以正在尋找它也說不一定。總而言之，我希望她能做出一點反應，所以向她詢問有關手偶的事情吧。」

「……知道了。」

士道輕輕點頭，然後開口說道：

「喂……難道妳正在尋找手偶……嗎？」

「……！」

就在士道說出這句話的瞬間，「四糸奈」突然睜大眼睛。

然後，「四糸奈」啪搭啪搭地跑到士道身邊，追問似地抓住他的頭用力搖晃。

「好……好痛痛痛痛……！等……住手！」

「……！……？」

說完後，「四糸奈」嚇了一跳，將手從士道的頭上收回來。

士道一邊窺探她的情況，一邊站起身。然後再次出聲詢問：

「妳……果然在找那個嗎？」

「四糸奈」不斷地用力點頭。

然後，看似不安的眼睛望向士道。簡直就像是在詢問手偶的所在位置。

「……呃，抱……抱歉。我也不知道它在哪裡……」

士道說完後，「四糸奈」露出彷彿聽見世界末日來臨般的表情，全身無力地癱坐在地上。

接著，「嗚耶……嗚……」，「四糸奈」就這樣低垂著臉開始啜泣。

「那……那個……」

失控的攻擊雖然是種困擾，但是這種情形也算是一種困擾啊。士道慌慌張張地挪開視線。

「——冷靜點，士道。」

然後，琴里的聲音再次傳進耳裡。

接收到「四糸奈」的反應，畫面上第三次展開視窗。

①「我會讓妳忘記那個傢伙的事情！」表現得猶如一名值得信賴的男子。

②「我也一起幫妳尋找手偶吧！」表現得猶如一名溫柔體貼的男子。

③「事實上，我就是那個手偶！」表現得猶如一名充滿幽默感的男子。

「全體人員，開始選擇！」

伴隨琴里的號令，小型螢幕上顯示出計票結果。

最多人選的是②，接下來是①，③只有獲得一票。

「哎呀，②是最無須爭論的答案呢……話說回來，選③的是誰呀？」

「……行不通嗎？」

神無月那可憐兮兮的聲音在後方響起。

「…………」

無視他的存在，琴里將麥克風拉過來。

「士道，幫她一起尋找手偶。」

可以聽見從後方傳來「啊啊，對她視若無睹這種玩法應該也不錯吧……！」的聲音，不過琴里依舊把這句話當成耳邊風。

「那……那個啊，四糸奈。」

「……！」

聽見士道提高音量說話，「四糸奈」的身體再次顫抖了一下。

接著，她突然將手高高舉起，然後積聚在周圍的水坑開始隆起，猶如彈砲般在士道坐著的地方附近爆炸。

「嗚……嗚哇！」

士道下意識地，將身體縮成一團。

「抱……抱歉！我不是有意要嚇妳的！」

他重新調整姿勢，朝著彷彿在窺探情況般將警戒的眼神投向自己（……但是一旦四目相接，又會挪開視線）的「四糸奈」微微低下頭。

然後，為了表示自己不會抵抗，士道高舉雙手並且繼續說道：

「那個……如……如果可以的話……我……我來幫妳找手偶吧？」

「……！」

士道說完後，「四糸奈」驚訝地睜大眼睛。

然後，經過數秒後，臉上才初次浮現開朗的神情，用力地上下點頭。

士道說了聲「很好」並且呼出一口氣，最後才終於從潮濕的地面上站起身來。

全身都溼透了。哎呀，不過現在不是介意這種事情的時候。

「那個……所以，妳的手偶是在什麼時候、什麼地方弄丟的呢？」

士道問完後，「四糸奈」彷彿陷入思考般，視線變得游移不定。後來才輕啟櫻色雙唇說道：

「……昨……天……」

然後，彷彿要遮掩眼睛般緊緊抓住裝飾有兔耳的斗篷並且低下頭，她結結巴巴地說：

「被那些恐怖……的人們……攻擊……等到……發現時……就不見……了……」

「那個……？昨天，妳遭受到ＡＳＴ的攻擊了？」

士道說完後，「四糸奈」點點頭。

「原來如此，在那之後啊……」

士道一邊說話，一邊左顧右盼地觀察周圍的情況。

許多坍塌的建築物以及龜裂的道路映入眼簾。尋找起來應該會相當費工夫。

然後，彷彿配合這個時機點般，來自〈佛拉克西納斯〉的聲音傳進右耳。

「──我們這邊也會派出全部的攝影機搜尋唷。所以請你盡可能地一邊與她溝通，一邊進行搜尋作業。」

士道輕輕敲打耳麥，表示自己明白了。接著再次看向「四糸奈」。

「很好……那麼，開始尋找吧！四糸奈。」

「……！」

「四糸奈」點點頭──但是片刻之後，忽然閉著嘴巴嘀嘀咕咕，最後才開口說：

「我……不是……」

「咦？」

「我……不是四糸奈……是四糸乃。四糸奈是……我的……朋友……」

「四糸乃……？」

聽見士道以反問的語氣呼喚這個名字，少女——四糸乃立刻表現出想要逃離原地的樣子。

「啊……等等！」

或許是被這個聲音嚇到，四糸乃的肩膀再次顫抖了一下。

瞬間，四糸乃周圍的雨水突然變成像針一樣的物體，往士道的方向飛過來。

「嗚哇啊啊！」

士道慌慌張張地當場趴下來，勉強躲過這次攻擊。

因為數量不多，所以看起來似乎威脅性不大。但是如果換成大範圍攻擊，現在士道的身體可能就會變得像仙人掌一樣了吧。

「冷……冷靜一點！是我、是我呀！」

四糸乃害怕地回過頭來，看見士道的臉後才輕輕呼出一口氣。

士道小心翼翼地站起身來……

「如……如果妳不介意的話，這個給妳……或許妳全身都溼透了，但是有總比沒有好吧？」

撿起不久前丟在路旁的雨傘，然後將它遞給四糸乃。

「？？？」

「啊啊，要這麼用。」

讓一臉不可思議地歪著頭的四糸乃握住傘柄，撐起雨傘。

於是，四糸乃彷彿是對於雨珠不會碰觸到自己身體這件事情感到驚訝，瞪大眼睛看著頭上。雨滴接觸到透明的塑膠傘後便立即彈開，閃閃發光地墜落地面。
「……！……！」
四糸乃興奮地舞動沒有拿傘的那隻手。
「哦……哦哦，妳很喜歡嗎？給妳用吧、給妳用吧！」
聽到士道這麼說，四糸乃以詢問般的眼神看著士道。
「啊……？我嗎？」
四糸乃點點頭。
「啊啊，不用擔心我。沒關係，給妳用吧。」
四糸乃陷入一陣沉思，交互地看著雨傘與士道之後……
「謝……謝……你……」
低頭鞠了個躬，然後繼續尋找手偶。
「居然做出這麼貼心的舉動。」
右耳聽見琴里宛如嘲笑般的聲音。
「囉……囉唆！」
「——哎，如果精靈真有那個意思，應該可以立刻讓淋濕的衣服變乾吧。而且事先展開隱形皮膜來彈開雨水也並非難事。」

「是……是這樣嗎？」

……哎，但是那又是另一個層面的問題了。士道實在無法忍受看見一個小女孩在雨中淋雨。

士道輕輕擦拭被雨淋濕的臉，開始展開搜索。

◇

「——怎麼樣？找到手偶了嗎？」

「不，還沒有。還沒有發現蹤影。」

琴里提出問題後，從艦橋下方傳來船員的回答。

時間是十二點三十分。士道與四糸乃一起進行搜索後，大約經過了兩個小時。這項在雨中進行的作業會讓身體變得寒冷，也很容易累積疲勞。

雖然也能派出〈拉塔托斯克〉的特務人員進行搜查作業——但是如果因為突然投入大量人力而讓四糸乃感到害怕，那可就得不償失了。即使沒有嚇到四糸乃，對於士道的感激與好感也有可能會因此多方分散。

「影像方面呢？」

琴里往右手邊看過去。正在操作控制台的船員沒有回頭看琴里，只以聲音回答：

「解析度有點差……不過應該可以看。」

「播放到螢幕上。」

琴里說完，〈拉塔托斯克〉艦橋的部分螢幕便開始播放昨天四糸乃與ＡＳＴ交戰的影像。

為了不被捲進攻擊的餘波中，攝影機在拉開一定距離後才進行攝影。因此，畫質多多少少比平時還要差一點。

「在精靈消失（Lost）的那一瞬間，影像裡——手上就沒有戴著手偶了。」

暫時停止影像，然後放大畫面，螢幕上出現往下墜落的四糸乃身影的特寫。

「——相反的，在遭到ＡＳＴ槍擊之前的影像中，可以確認手偶曾經出現在天使的嘴巴附近。應該可以合理推斷手偶是在這波攻擊中所遺失。」

「那麼，最重要的手偶呢？」

「由於濃煙密布，所以無法確認……不過確實有發現物品墜落的影子，所以我認為最壞的狀況應該是在攻擊時被燒掉了。」

「……嗯。」

琴里用手抵住下顎。

「有留下四糸乃消失後，附近一帶的影像嗎？」

「我……我試著尋找看看！」

然後，突然從擴音器傳來「咕嚕嚕嚕嚕」這種可笑的聲音。

「四糸乃？」

「……！」

開始尋找手偶之後，大約經過了兩個小時。

士道一邊撩起濕漉漉的頭髮，一邊轉身面對在旁邊尋找手偶的四糸乃。

總覺得剛剛似乎有非常可愛的聲音響起。

四糸乃的肩膀再次害怕地顫抖了一下——不過或許是稍微習慣士道的聲音了，並沒有朝著士道發射出水砲彈或是雨針等攻擊。

「……妳肚子餓了嗎？」

士道如此問道。四糸乃漲紅了臉，左右搖頭。

但是，就在此時，再次響起肚子飢餓的聲音。

「…………！」

四糸乃當場蹲下來，拉起斗篷帽子將臉完全遮起來。

精靈似乎也會感到飢餓。

據說精靈的靈力可以供給維持生命時的一切需求，但是……話說回來，十香也是如此。她在封印前就是一名大胃王了。

「……怎麼了？」

雖然不知道四糸乃從何時開始尋找手偶，不過現在都已經下午了，肚子餓也是理所當然的事情。剛好士道也覺得肚子有點餓了。

士道彷彿要請求指示般，咚咚地輕敲耳麥。然後，耳邊響起已經大致上推測到事情內容的琴里的聲音。

「——是嘛。要不要先暫時休息一下，順便吃個飯呢？」

「嗯……妳說得對。」

士道將原本一直維持彎腰姿勢的身體拉直，輕輕伸了個懶腰後，對四糸乃說：

「四糸乃，稍微休息一下吧。」

士道說完後，四糸乃左右搖頭。但是，此時又再次傳來肚子的叫聲。

「……！」

「看吧。不要逞強了。如果妳昏倒的話，就不能繼續尋找四糸奈了喔！」

四糸乃沉思了一會兒，然後如同往常般遲疑地點點頭。

「很好。那麼……」

說完後，士道發出「啊」一聲，重新思考。

雖然自己有帶錢包，但是兩人的全身都溼透了，要踏入店裡恐怕會有困難吧？

士道把手抵在下巴，經過一段時間之後才輕敲耳麥。

「……吶，琴里。關於休息的地方，可以選擇家裡嗎？」

說完後，琴里誇張地發出十分驚訝的聲音。

「哇哦！才一段時間沒見到你，沒想到你變得如此大膽呢。如果你打著壓倒人家的壞主意，奉勸你還是小心一點比較好唷。」

「……喂。」

「我知道了啦……好吧，反正也沒有其他地方可以去，這次就特別允許你這麼做吧。」

「哦。」

士道簡潔地回應後，對著四糸乃說：

「那麼……我們走吧。」

四糸乃一語不發，輕輕點頭。

◇

「……唔。」

十香一邊摸著不斷鳴叫的腹部，一邊跟隨在令音後面行走於雨中的街道。

從昨天中午開始就沒有進食，再加上睡眠不足，所以十香現在的心情非常不好。

但是，這種沒來由的惡劣心情，並非單單只是飢餓感與睡眠不足所引起的。十香多多少少也明白這個道理。

「…………」

十香緊咬牙齒，朝著被雨淋濕的地面踢了一腳。

但是即使這麼做，也無法化解不斷在肚子裡打轉兒的那股焦躁感。

然後，原本走在前方的令音突然佇立在原地。就在十香即將撞上她背部的前一刻，也停下了腳步。

「……先吃飯吧？這個可以嗎？」

出現在兩人眼前的，是掛著色彩鮮豔招牌的建築物。沒記錯的話，這間應該是所謂的「家庭餐廳」，也就是專門提供餐點給客人享用的店家。

十香用力點點頭。

「嗯……如果可以這麼做的話，那就再好不過了。我快餓死了。」

「……那麼，我們進去吧？」

兩人收起雨傘進入店裡，在店員的帶領之下，走到位於禁菸席最裡面的位置坐下。

然後立刻看菜單點菜。

接下來在等待上菜的空檔裡，為了減輕飢餓感，十香一口氣喝光店員放置在桌上的水——然後……

「……十香。」

此時，令音那帶有明顯黑眼圈的雙眸筆直地看向十香。

「什麼？」

「……在上菜之前的這段時間，我有些話想要對妳說……可以嗎？」

「嗯……哎，應該沒關係……妳想說什麼？」

十香稍微表現出警戒心，一邊拉開彼此的距離一邊點頭。

這位名叫村雨令音的女人……總是無法摸清她到底在想什麼——可是她卻像能一眼看穿別人的思想般，讓人覺得有點毛骨悚然。

彷彿察覺十香的想法，又好似完全不知情般，令音仍然維持呆滯的舉動，從背包取出一個猶如機械般的物品，然後將它攤開在桌子上。

「那是什麼？」

「……啊啊，別在意。」

令音一邊說話，一邊使用單手「喀噠喀噠喀噠……」熟練地操作機械。

即使心裡相當介意，但是十香還是努力佯裝成視若無睹的樣子，視線再次回到令音的臉上。

於是，令音也重新看著十香，開口說道：

「……哎，我不太擅長說話，所以就單刀直入地切入主題吧。十香，妳能不能告訴我之前感到焦躁——不，即使到了現在仍然感到非常焦躁的理由呢？」

「——！」

聽到令音的這番話，十香不自覺地屏住呼吸。

「我……我才沒有——」

「……妳果然無法原諒小士與其他女生見面的事情吧？」

小士。那是令音在稱呼士道的時候所用的名字。

「為……為什麼會突然提到士道……！」

「……哎呀，與他無關嗎？」

「…………」

十香將手肘撐在桌子上，彷彿自暴自棄般地胡亂搔了搔頭髮。

然後，深深嘆了一口氣之後，才悶悶不樂地開口說：

「……我不知道。」

「……不知道？」

令音歪著頭反問。十香原本朝下的臉垂得更低了。

「嗯……連我自己也不懂心情為什麼會變得這麼惡劣……」

十香抱著頭繼續說道：

「昨天……士道將我丟在學校裡——然後，跟那個女孩子……接吻了。」

接吻。僅僅只是將這個單字說出口而已，不知為何，胸口卻感受到一陣刺痛。

「……啊啊，確實是如此。」

「理論上……這應該沒有什麼不對。無論士道想要在什麼地方與誰見面、跟誰接吻，我都不應該責怪他……但是，當我看見那一幕的瞬間，已經……該怎麼說才好？非常——沒錯，感覺非常討厭。」

「……嗯。」

「當我察覺時……自己的語氣已經變得相當粗暴。再加上……之後又聽到那隻兔子說比起我，士道更加重視那個女孩子……我已經不知該如何是好了，只覺得既悲傷又恐懼，腦袋一片混亂……我也不知道這代表什麼意義……我第一次有這種感覺。」

她再一次，深深地嘆了一口氣。

「果然……我應該是哪裡有問題吧？」

「……不，妳很正常唷。那是非常健全的感情表現。」

「是……是這樣嗎？」

「……沒錯。不用擔心。但是——還是得解開誤會比較好。」

「誤會……？」

「……沒錯。那個吻只是個意外……而且絕對不可能發生『比起十香，小士更加重視那個女孩』這種事情。」

今音朝機械瞄了一眼之後如此說道。十香迅速地抬起頭來。

「真……真的嗎……？」

「……是真的。」

「但……但是士道他……」

「……如果他不重視妳的話，就不可能會冒著生命危險拯救妳呀。」

「——啊……」

聽到令音的話——十香突然不知道該說什麼。

因為被纏繞在胸口與肚子裡那種不知為何的感情奪去注意力，十香已經完全遺忘這件事情。

——昨天，士道與上個月相同，又再一次地保護了十香啊。

毫不顧慮自己很有可能會被再次射殺的可能性。

十香將手壓在胸口附近，同時嚥了一口口水。

「……我──」

居然做出如此愚蠢的事情。

十香低聲呢喃了幾句，然後再次搔了搔頭髮。

接著，十香迅速地站起來。

「……十香？」

「抱歉，今天去買東西的行程，可以延到改天嗎？」

十香咬了一下嘴唇，然後才繼續說道：

「……我必須向士道道歉才行。」

令音用手抵住下巴，輕輕點頭。

「……去吧。」

「謝謝妳。」

十香簡短地說完這句話後，通過家庭餐廳的門，拿起雨傘，往雨中的街道奔跑而去。

「……呼。哎，這樣應該就……沒事了吧？」

獨自一人被留下來的令音，一邊看著顯示在小型終端機畫面上的圖表與數值一邊喃喃自語。

讓十香的精神狀態產生扭曲的要素，令音幾乎在事先就推測出答案了。

雖然如同任性的小孩般鬧彆扭……但是十香並不是討厭士道，也不是憎恨與士道見面的那名少女。

正確來說，十香是對於無法控制情緒的自己感到莫名的恐懼與焦躁……這種說法或許較為貼切吧。

所以，即使無法做到讓她心情變好的程度，但是要改變十香的想法也並非難事。

沒錯——只要讓她察覺到幾件事情就可以了。

自己總是被士道所保護著，以及這件事情背後所代表的意義，還有當她得知後，自己內心的想法。

「……哎呀，嫉妒也算是一種轟轟烈烈的戀愛呀。」

令音一邊嘟囔一邊將終端機關閉。

「……但是，要小心唷。戀愛絕對也是一種足以毀滅世界的感情。」

然後……

「——讓您久等了！這是您的雙層起士漢堡套餐與大碗白飯、炸嫩雞、炸牡蠣套餐、燒烤拼盤、瑪格麗特披薩、義大利肉醬麵。鐵板的溫度還很高，請您務必小心。」

「……嗯？」

突然現身的店員在桌子上擺滿十香所點的高熱量食物。

「請慢慢享用。」

然後，店員熟練地做出一個四十五度鞠躬後便離開了。

「……嗯。」

被留下來獨自面對這麼多道料理的令音，搔了搔臉頰。

「……這可真是……傷腦筋啊。」

◇

「我看看……有雞蛋，啊！還有雞肉。而且電鍋裡有剩下的白飯……就做親子丼吧。」

簡單地瀏覽過冰箱後決定要烹煮的料理，士道將所需食材取出來後，往客廳瞄了一眼。

在那裡，可以看見坐在沙發上並且好奇地四處張望的四糸乃身影。

士道回到家裡後便立刻換了一套衣服。但是四糸乃依舊穿著剛才那件兔子外套。如同琴里所說，即使淋了那麼久的雨，她的衣服卻完全沒濕。與十香的光之禮服相同，這應該就是所謂的「靈裝」吧？

「稍微等一下。我馬上就會做好了。如果有空的話，可以先看電視唷。」

「……？」

士道一邊切剝好皮的洋蔥一邊如此說道。然後，四糸乃一臉不可思議地歪了歪頭。

「嗯，那邊的遙控器——沒錯、沒錯，按一下最左上角的按鈕。」

四糸乃依循士道的指示按下遙控器的按鈕。

然後，擺放在牆邊的電視亮起燈號，傳來「哇哈哈哈哈！」的笑聲。

「————！」

就在四糸乃縮起身子的瞬間，流理台的積水隆起，化為砲彈般的物體射向電視畫面。

「什……！」

「笨蛋。我不是告訴過你不要嚇到她嗎？」

右耳傳來琴里語帶責難的聲音。

至於四糸乃，當她睜開原本閉緊的眼睛之後，便慌慌張張地朝著士道低頭道歉。

「不……不……妳別在意。抱歉嚇到妳了。」

士道臉上浮現苦笑，繼續烹煮食物。

將用水稀釋過的醬油湯加熱，然後再加入切好的洋蔥與雞肉。等到沸騰時再倒入蛋汁。

接下來，將煮好的料淋在已經盛好飯的大碗裡面，最後再灑上鴨兒芹，大功告成。

熟悉的作業程序。花不到十分鐘便烹煮完畢。

「妳看，完成了。要好好填飽肚子，這樣才能早點找到四糸奈喔。」

士道一邊說話，一邊用雙手拿起大碗往客廳走過去。

將其中一個放在四糸乃眼前，另一個放在對面——也就是自己的位置上。接下來再次走到廚房拿筷子，為了保險起見還拿了湯匙，然後才走回客廳。

「好了，那麼，我要開動囉！」

看見士道將雙手合在一起如此說道，四糸乃也做出低頭鞠躬的舉動，看起來就像是在模仿他的動作般。

然後，四糸乃拿起湯匙，一口接一口地品嚐士道親手烹煮的親子丼。

「…………！」

於是，四糸乃突然睜大眼睛，啪噠啪噠地拍打桌子。

「嗯？」

但是與士道四目相接後，她又害羞地挪開視線。

之後，四糸乃露出想要傳達某些訊息，卻又羞於出聲說話的表情，朝著士道豎起大拇指。

「哦……哦哦……」

看來她似乎相當喜歡自己做的料理。士道露出苦笑，並且豎起大拇指作為回應。

應該是餓壞了吧？四糸乃竭盡全力地張開小小的嘴巴，迅速地吃完親子丼。

然後——估算好四糸乃吃完食物的時間後，琴里對士道說：

「還會再休息一會兒吧？可以的話，我希望能獲得精靈的情報。這是一個好機會，你能不能替我向四糸乃問幾個問題？」

「問問題？」

士道以微小的音量反問，然後琴里立即向他提示問題事項。

「……啊啊，這樣啊。」

士道將大碗裡的食物全部吃完後，滿足地嘆了一口氣，然後看向四糸乃。

「吶……四糸乃。我有些事情想要問妳——可以問妳幾個問題嗎？」

四糸乃一臉不可思議地歪著頭。

「那個…妳好像很珍惜那個叫作四糸奈的手偶，它對妳而言，究竟有什麼重要性呢…？」

聽見這個問題，四糸乃表現出戰戰兢兢的態度，笨拙地開口說道：

「四糸奈是……我的……朋友。也是……我的……英雄。」

「英雄？」

聽見士道的疑問，四糸乃不斷點頭。

「四糸奈是……我……理想中的……自己。不像我……如此軟弱，不像我……優柔寡斷……既強壯又帥氣……」

「理想中的自己……是嗎？」

士道搔搔臉頰，回想起與四糸乃在百貨公司中見面的情形。

哎呀，確實透過手偶說話的四糸乃與現在的四糸乃相比，無論是語氣或態度，簡直就像是另一個人。但是——

「我……比較喜歡現在的四糸乃呢……」

想起當十香現身時，手偶所說的種種玩笑話，士道的臉上浮現苦笑。

那個時候的四糸乃確實既開朗又健談——但是士道可不想再見到她。

現在的四糸乃雖然多多少少會讓人聽不清楚她想講的話，但是即使反應笨拙，還是會誠實地回答自己的問題。所以士道一直對現在的四糸乃懷抱著好感。

但是，就在士道說出這句話的瞬間，四糸乃突然羞紅了臉，駝著背抓住斗篷帽子蓋住整張臉。

「四……四糸乃……？怎麼了？」

士道試著窺探她的臉，同時出聲詢問。然後，四糸乃放開原本握住斗篷帽子的手，慢慢地抬起頭來。

「……這……這是我第一次，聽到別人這麼說……所……所以……」

「是……是嗎……」

四糸乃用力點點頭。

哎……對方本來就是甚少有機會與人交談的精靈。所以也不無可能。

「士道，剛剛那是……你的計畫？」

「啊？什……什麼計畫……？」

「……不。不是就好。」

「什……什麼……？」

聽見妹妹說出令人無法理解的話，士道輕輕皺眉。

「你不用在意。那個問題不重要──沒想到你表現得非常鎮靜嘛。會是同居訓練的成果發揮作用了嗎？」

「……誰知道呢。」

士道回答得相當曖昧。自己確實變得比較冷靜，但是根本無從斷定那就是訓練的成果。但是，現在不是在意那種事情的時候。士道轉過身子面對四糸乃，說出下一個問題。

「那麼──那個……四糸乃，妳被AST攻擊時，幾乎都不會反擊。那是為什麼呢？」

提出這個問題之後……四糸乃再次低下頭。

緊緊握住與十香的靈裝相同、由光膜所構成的內裡下襬，然後有氣無力地說：

「……我……討厭痛。也討厭……恐怖的東西。我認為……那些人……一定也……討厭痛，還有恐怖的……東西……所以，我……」

幾乎只要稍不留神就會漏聽掉，微小而沙啞的聲音。

但是——士道卻因為這段話，感受到一股彷彿心臟被開了個洞般的衝擊。

「……！四糸乃……妳……因為那種理由——」

但是，士道卻無法將這句話說完。

因為四糸乃全身不斷發抖，繼續對士道說：

「但是……我……很弱……又是個……膽小鬼。自己一個人……一定……什麼都做不好。當我覺得很痛……很害怕，不知道該如何是好……的時候……腦袋中……就會變得……一片混亂……然後我絕對會……對大家……做出……很過分的……事情。」

聲音到了後半段，已經變成嗚咽聲。

她吸了吸鼻涕，然後繼續說道：

「所……所以……四糸奈是……我的英雄……即使我覺得……非常害怕……四糸奈……也會對我說……沒問題的。如此一……來……就真的……沒問題了……所以……所……所以……」

「…………！」

士道下意識地咬住嘴唇。雙手早就已經使出幾乎要滲出血般的力道，緊緊握起拳頭。

因為如果不這麼做的話——士道幾乎就要忍耐不住了。

四糸乃。這位嬌小的少女，實在是過於溫柔——過於悲哀。

因為討厭「痛」與「恐怖的事物」。
所以一心為不斷對自己展現敵意、惡意、殺意的對手著想——小心翼翼地不去傷害他們。那是多麼困難的一件事情啊！
四糸乃——很弱？
士道完全不同意四糸乃對於自己的評價——怎麼可能會弱呢？
啊啊，但是，那卻是——非常……非常扭曲的慈悲啊。
「——」
士道不自覺地從位置上站起來。
然後繞過桌子走到四糸乃身邊坐下來——就這樣，撫摸四糸乃的頭。
「……那……那個——」
「我……」
「——……？」
「我——會拯救妳。」
聽到這句話，四糸乃睜大眼睛。士道不理會她的反應，繼續說道：
「我絕對會找到四糸奈。然後……把它還給妳。不只如此。我還會讓妳無須再接受四糸奈的保護。我不會讓『痛』以及『恐怖的事物』接近妳。我——會成為……妳的英雄。」

士道一邊隔著斗篷帽子摸頭，一邊說出與自己風格不相符的台詞。

但是──無法停止。

因為，四糸乃的溫柔擁有一個相當嚴重的缺陷。

雖然擁有宛如聖人般的慈悲，卻連一絲一毫都不肯施捨給自己。

既然如此，那就只能從外部給予了。

已經與「是不是精靈」這種問題無關。

四糸乃──這位過於溫柔的少女，居然沒有獲得任何救贖。絕對不能讓這種事情發生。

這就是──士道的想法。

「……？……？」

四糸乃驚訝地瞪大眼睛，數十秒之後才輕啟嘴唇說：

「……謝……謝謝……你……」

「……哦。」

聽見四糸乃直率地說這句話，士道感到很高興。輕輕地點了點頭。

但是，就在四糸乃出聲說話的時候，士道的目光不小心落在那可愛的嘴唇上……士道難為情地挪開視線。

「……？士道……？」

四糸乃歪著頭看向士道。

「不，那個……該怎麼說……之前那件事情，我很抱歉。」

「咦……？」

「沒有啦……該怎麼說呢……就是不小心與妳接吻的那件事情。」

正確來說，其實這件事對士道的影響不大……但是對於女孩子而言，應該算是一件大事吧？

所以士道是懷抱著歉意說出這句話的。

不過，四糸乃卻露出目瞪口呆的神情，再次歪了歪頭。

簡直就像是，不明白士道究竟在說什麼似的。

「……什麼是接吻？」

「咦？啊啊，那是……像這樣，讓嘴唇碰觸在一起……」

即使士道做出說明，四糸乃依舊露出疑惑的表情，然後將臉挨近到士道眼前。

「像……這樣嗎……？」

「……！」

彷彿只要將臉稍稍往前就會碰觸到嘴唇的距離。

雖然這個突發狀況讓自己的心臟狂跳不已，但是士道回想起與十香的同居訓練，成功地佯裝出只有表面上的鎮定。

「呃，啊，對……沒錯，就是這樣。」

但是四糸乃輕聲嘟囔了幾句後，再次以微小的音量說話。

「……我……不太……記得了。」

「……咦？」

聽見這個回答，士道皺起眉頭。

但是——就在這個瞬間……

「士道……！對不起！我——」

門突然被打開，原本應該在早上就出門的十香，上氣不接下氣地跑進客廳。

然後，當她看見士道與四糸乃仍舊維持著幾乎快親到的距離面對面，身體立刻僵直在原地。

「咦……？」

士道的表情在一瞬間變得呆滯。

「十——十……十十十十十十十十十十香……！」

他的臉上冒出汗水。

「……咿……！」

四糸乃似乎也感覺到異常，轉頭向後看，發出微小的呻吟聲。

不過，這也難怪。因為對於四糸乃而言，十香是拿走手偶的恐怖對象——而且更重要的是，從靜靜佇立在客廳出入口的十香身上，正散發出一股難以形容的壓迫感。

順帶一提，從剛剛開始，右耳便不斷傳來代表緊急狀況發生的刺耳警報聲。

「…………」

十香不發一語地露出一個令人毛骨悚然的沉穩笑容，然後踏著緩慢的步伐走進客廳。

手中突然感受到抖動的觸感。似乎是四糸乃的身體在發抖。

「十……十香，這是因為啊……」

士道此刻的心境就好像是身陷外遇現場的男人般，慌慌張張地揮動雙手。

不過，十香卻走過兩人身邊，穿過客廳來到廚房，拿走放置在冰箱以及架子上的所有食物與飲料，最後往走廊的方向走過去。

從門的另一側傳來「躂躂躂躂躂躂」的腳步聲——當腳步聲抵達二樓後，碰！這次傳來粗暴甩門的聲音。

……看來，十香似乎又將自己關進房間裡了。

而且，這一次是糧食充裕的守城戰。

「那……那個……」

「……這下麻煩了。」

右耳響起混雜著嘆息的聲音。

「該……該怎麼辦才好……？」

「總而言之，現在只能暫時先任由她去了。即使士道現在要跟她說話，大概也只會產生反效果吧。」

「這……這樣啊……」

說完後，他朝著坐在身邊的四糸乃的方向瞄了一眼。

可是，不知道從何時開始，四糸乃的身影忽然從沙發上消失了。

「奇怪……？四糸乃？」

「——四糸乃似乎在十香接近時消失並且前往鄰界了。拿走她手偶的這件事情，應該對她造成很大的心理陰影吧。」

「……原來如此啊。」

「呼！」嘆了口氣——士道因為感受到一股不協調感而皺起眉頭。

四糸乃似乎記得手偶被十香拿走的事情。

但是……她卻說記不得士道的吻。

不，昨天她的確也沒有表現出相當在意的樣子。或許她只是對於接吻這種行為沒有懷抱任何特殊感情也說不一定。據說每位精靈的知識與價值觀都不盡相同，所以確實有這個可能性。

不過——話雖如此，四糸乃的反應還是給人一種不協調感。

士道的腦海中閃過一個疑問……應該說，浮現一個令人在意的問題。
士道將手靠在嘴邊，同時開口說：
「吶，琴里……有件事情讓我感到相當在意，妳能幫我調查一下嗎？」
「什麼？」
士道簡單地將浮現在腦海中的疑問告訴琴里。
「……哦。好呀，等到令音回來後，我們會立刻展開調查。」
「哦，拜託妳了。」
然後，等到士道說完後，琴里才彷彿想起某件要事般，繼續對士道說：
「……啊啊，對了對了。因為十香突然闖進來，所以一直沒有機會告訴你。有一個好消息。」
「啊？」
「經過徹底調查過影像後，我們終於知道手偶的所在位置了。」
「真的嗎！在哪裡？」
「這個嘛——」
琴里接下來的發話，讓士道的臉頰不斷抽搐。
「嗚……嗚呀！」

跑進二樓裡層房間的十香，一邊以隨手取得的順序大口大口地吃著剛剛拿來的食材，一邊發出那種叫聲。一看就知道是屬於宣洩情緒的進食方式。

「什麼嘛……什麼嘛……！咕……姆嗚嗚嗚……！」

士道在十香外出時，邀請前幾天的那名少女來家裡。

這件事情本身所代表的意義其實僅僅如此而已。十香根本沒有理由生氣。

士道是十香的好朋友，而那位朋友將新結交的朋友帶回家裡。

十香該做的正確應對方法應該是為前幾天的事情向士道道歉和好，接下來牽起那名少女的手，對她說：「歡迎妳來。上次真是抱歉。」

但是——十香做不到。

在看到士道與那名少女共處一室的瞬間，那種「討厭的感覺」又再次在身體裡流竄，讓十香無法繼續待在現場。

「嗚嗚嗚嗚嗚嗚嗚嗚嗚嗚嗚……！」

十香狼吞虎嚥地吃完一輪後，蹲坐在原地。

「……士道。」

——想跟士道道歉。想跟士道和好。

這份心情沒有半點虛假。

但是……「討厭的感覺」不斷在心中打轉兒，讓十香無法付諸行動。

十香維持蹲坐在地上，雙手抱膝的姿勢痛苦呻吟。

第四章　要求很多的鳶一家

「應該……是這裡沒錯吧。」

左手拿著放有點心盒的紙袋，右手拿著畫有地圖的便條紙，士道悶悶不樂地嘆了一口氣之後，抬頭仰望矗立在眼前的公寓。

為了壓抑緊張的情緒而輕拍胸口，「這是公事。是不可抗拒的因素。」士道做了個深呼吸。

……但是，即使如此……

「為什麼要像個小偷般偷偷摸摸的……」

「沒辦法呀。能夠進入鳶一家的人，只有士道而已。」

士道發完牢騷後，從配戴在右耳的耳麥傳來琴里的聲音。

沒錯——士道正在拜訪鳶一折紙自家住宅的途中。

在徹底調查四糸乃消失的影像時——〈拉塔托斯克〉發現準備返回基地的折紙撿起手偶並且將它帶走了。

無論如何都必須得到那個手偶，所以士道在幾天前詢問折紙：「吶，鳶一，下次可以到妳家玩嗎？」藉此獲得拜訪鳶一家的許可。

「……話說回來，根本不需要讓鳶一邀請我去她家吧？只是拿一個手偶而已，對於〈拉塔托斯克〉而言，應該是易如反掌——」

「……已經做過了唷。」

「咦？」

聽見琴里以混雜著嘆息的聲音所說出來的話，士道不禁歪了歪頭。

「從幾天前開始，我們就試著潛入鳶一家，據說試了三次，但是全都失敗了。室內布滿紅外線，還會噴射催淚瓦斯，重要地點甚至還設置了自動追蹤機槍唷……我方六名特務人員全都受傷送醫了。她到底是在與誰戰鬥呀……」

「是……是嗎……」

「如果發揮人海戰術強行攻入，或許也有可能奪取到目標物——不過如果能夠獲得對方邀請，豈不是更好？」

「……我明白了。」

基本上，行事風格謹慎小心的士道其實並不喜歡這麼做，但是……在看見表現得如此不安的四糸乃之後，士道自然無法拒絕這項工作。

而且——士道本身也有些事情想要跟折紙好好地談談。

然後，還有另外一件讓人掛心的事情，士道試著詢問琴里：

「對了……十香的狀況怎麼樣？」

「還是老樣子。依舊把自己關在房間呀。」

「……是嗎。」

士道困擾地搔了搔臉頰。

自從前幾天看見士道邀請四糸乃來家裡的情形後，十香的樣子就變得很奇怪。

不，雖然她沒有像之前那樣無論如何都不肯踏出房門一步，也有按時到學校上課，但是士道總覺得十香似乎在躲避自己。

士道低聲嘟囔之後，重新振作起精神。

雖然是個讓人煩惱到胃痛的大問題，不過現在還是得優先解決眼前的問題。

「——好！」

士道下定決心後，朝著公寓的出入口走過去。

通過自動門，將折紙的房間號碼輸入到設置於大廳的機器中。

於是，隔沒多久便聽見了折紙的聲音。

「誰？」

「啊，啊啊……是我。五河士道。」

「進來吧。」

話才剛說完，位於大廳內側的自動門便開啟了。

士道彷彿被人催促般地進入公寓，然後搭乘電梯來到六樓，最後抵達指定的房間號碼前面。

「……那麼，按照計畫行事吧。」

「嗯。交給我吧。」

士道說完後，琴里如此回應。

由〈拉塔托斯克〉所操控的超迷你攝影機，現在正猶如蟲子般飛翔在士道的周圍。

當折紙的目光被士道所吸引之後，攝影機將會趁著這段時間進行搜索。

「……呼。」

他再次做出一個大大的深呼吸，然後按下門鈴。

很快地——快到彷彿折紙已經在玄關等候多時般，門被打開了。

「妳……妳好啊，鳶一。不好意思呢，今天向妳提出如此無理的——」

士道稍稍舉起手打招呼——然後就這樣，停止了動作。喀鏘！拿在左手的甜點盒掉落地面，盒內傳來讓人覺得等會兒必須抱持不浪費食物的心態將甜點吃完的聲音。

發生這件事情的理由很簡單——那就是折紙的……裝扮。

雖說這裡是鳶一家，無論折紙身穿什麼樣的衣服都是她的自由。士道根本沒有資格抱怨。

只是，士道萬萬沒想到折紙會做出這種打扮。

深藍色的連身裙，搭配裝飾著荷葉邊的圍裙。頭上還戴著可愛的頭飾。

沒錯，現在的她，全身上下都是完美的女僕裝扮。

誰會相信眼前的人正是那位全校第一的天才，那位被稱為「永久凍土」的鳶一．Cocytus（註：希臘神話中的「嘆息之河」）．折紙大小姐呢？

「那……那個……鳶一小姐……？」

「什麼？」

臉上布滿汗珠的士道好不容易才發出聲音。但是折紙卻如同往常般露出洋娃娃般的漠然表情，微微歪了歪頭。

那個反應，確實是折紙沒錯。

事實上，我是折紙的雙胞胎妹妹，喜歡角色扮演的色紙唷！原本以為情況會按照這種不切實際的幻想發展下去，但是事實很快就粉碎了士道的最後一絲希望。

「不，我的意思是……妳為什麼會穿成這樣……」

折紙一臉不可思議地將目光落在自己的衣服上，然後再次歪了歪頭。

「你不喜歡嗎？」

「不……不……不是那個問題……」

怎麼可能會不喜歡，應該說是相當喜愛。但是這種事情實在不好說出口。

……總覺得，無法直視對方。士道滿臉通紅，目光飄移不定。

「進來吧。」

但是，折紙卻表現出毫不在意的樣子，邀請士道進入屋內。

「打……打擾了……」

士道撿起掉落在地面上的紙袋，然後用微微顫抖的手指握住門把，將門關上，最後脫下鞋子進入屋內。

「……？」

然後，士道皺起眉頭。因為耳麥突然響起猶如雜訊般的聲音。

叩叩！士道輕輕敲擊耳麥，想要向琴里詢問目前的狀況。於是，士道隱隱約約聽見混雜在雜訊中的琴里的聲音。

「可……難道──干擾電波──士──無法──接通──要想辦法──」

聽到這裡，聲音突然中斷，然後就什麼都聽不見了。

「……！喂、喂……」

「怎麼了？」

士道正要對耳麥提問時，走在前方的折紙突然回過頭來。

「啊……！不……不……沒什麼。」

「是嗎。」

等到折紙再次將臉轉回原本的方向之後，士道大大地嘆了一口氣。

雖然還不清楚理由，不過在這裡似乎無法進行無線通訊，可能連攝影機都無法操作。

不……即使攝影機依舊正常運作，但是如果無法傳送情報給士道的話，那也是枉然。

也就是說——士道必須獨自一人成功完成這項任務才行。

「……喂喂，這是真的嗎？」

以折紙聽不見的音量發完牢騷之後，士道胡亂地抓了抓瀏海。

但是，光發牢騷的話，對事情是沒有任何幫助的。士道彷彿有所覺悟般地嚥了一口口水，接著跟隨在折紙後頭行走。

然後，在折紙的催促之下，士道踏進客廳。

「……嗯？這個味道是……」

就在進入客廳的瞬間，空氣中飄來一陣甜甜的香味。

話雖如此，這股味道並不像是食物的香味。正確來說，這股味道比較像是——

「鳶一？妳有點香嗎？」

「對。」

「哦……是喔……」

怎麼說呢？真是令人感到有點意外。雖然只是自己的擅自想像，但是總覺得鳶一折紙應該不會對這種嗜好或娛樂感興趣。

因為看見了同班同學不一樣的一面，士道感到有點難為情。

……但是，不知道是什麼緣故。

只要聞到這個香味，腦袋就會變得一片空白、原本緊繃的情緒漸漸放鬆、意識漸漸模糊……哎呀，這種香味在放鬆情緒方面似乎有顯著的效果。

「坐下。」

「啊，好……」

聽見折紙這麼說，士道走到擺放在客廳中央的矮桌前坐下。

「…………」

然後，在確認士道就坐之後，折紙也坐了下來。

坐在緊鄰士道身邊的位置上。

「咦……？」

照理來說，一般人應該會坐在與客人面對面的位置。不過，或許這是鳶一家的習慣吧？

看見折紙若無其事的表情，士道開始懷疑自己的常識是否正確無誤。

「呃……」

「…………」

「那個……」

「…………」

片刻沉默之後，士道開始在心裡嘀咕。

——嗯，果然沒錯。在鳶一家，坐在這個位置果然是一種標準規範。折紙的臉頰完全沒有流下任何一滴汗水。因為這是相當正常的舉動。

雖然氣氛變得有些尷尬，但是為了釐清頭緒，士道還是開口問道：

「鳶……鳶一？」

「什麼事？」

「不，我想先問妳一個很單純的問題……妳是一個人住嗎？」

折紙輕輕點頭。

「……這……這樣啊。」

原本只是心中暗自揣測……但是現在答案揭曉後，「到女孩子獨自居住的家中登門拜訪」的這項事實，讓士道的心跳稍稍加速。

「妳……妳是從什麼時候開始一個人居住呢？」

聽到士道的問題，折紙以補充說明的語氣繼續說：

「自從五年前雙親去世後，有段時間是與伯母一起生活。升上高中的時候，我就自己一個人搬來這裡居住。」

「從就讀高中以後就獨自一個人生活嗎……這樣很辛苦吧？」

「倒也不會。」

折紙如此回應。儘管臉部肌肉依舊維持最低限度的運動，但是折紙卻目不轉睛地注視著士道的臉。而且如您所知，兩人之間的距離靠得非常近。

……明明只是普通對話而已，士道卻感受到一股難以言喻的壓力。

為了掩飾內心的驚慌失措，士道以誇張的舉動搔了搔後腦杓。

「哎呀，哈哈……哈……不過，我還是認為妳很厲害。我將來可能也要獨自生活，不過總覺得自己一個人住的話，就會懶得煮飯或打掃吧。」

「沒問題的。」

「咦？」

士道一臉不可思議地看著如此斷言的折紙。

「由我來做。」

士道全身上下在瞬間凍結。

「咦……！那個……妳的意思是……」

但是，士道的話還沒說完，折紙便搶先一步，當場迅速地站起身來。

「咦……？」

「稍等一下。」

然後，折紙便踩著靜悄悄的步伐往廚房的方向走過去。

看來，她應該是要去準備招待客人的茶點。

士道出神地眺望走向廚房的折紙的背影……然後才突然回過神來左右搖頭。

「……對了，手偶……」

小聲呢喃，士道左顧右盼地環視整個房間。

房間裡整整齊齊地擺放著以淡色為基本色調的簡單傢俱。

別說是女孩子該有的甜美氛圍，士道甚至感受不到理應呈現出來的生活感。整個空間裝潢看起與樣品屋非常相似。

「……嗯。」

大致上將屋內看過一遍，士道並沒有發現類似手偶的物品。

雖然東西不多，但是房間似乎有許多收納空間的構造，尋找起來應該相當費工夫吧。

再加上，如何避開折紙的耳目也是個問題。果然只有把握折紙前往洗手間之類的空檔來尋找手偶，才是最妥當的方法吧。不，應該反其道而行，士道佯裝成要上廁所的樣子——

然後，就在此時，折紙拿著托盤走回來了。托盤上放有兩個茶托與茶杯，以及砂糖與牛奶。

然後，折紙不發一語地將這些東西擺放在桌子上。

「請用。」

說完後，折紙挨近士道，再次坐在他的身旁……不知為何，比起剛才，兩人之間的距離似乎更加縮短了。

「啊，好的，謝謝妳。」

與香的味道不同，隱隱約約飄散過來的折紙的洗髮精香味縈繞在鼻間。

士道用袖子擦掉自然冒出的汗水，然後往茶杯的方向伸手。

「……！」

但是，就在快要碰觸到杯子之前，士道不自覺地皺起眉頭。

因為折紙與士道的茶杯裡的液體，有著明顯的差異。

折紙的茶水看起來是清澈明亮的深紅色。

相對的，士道的茶水卻是混濁到幾乎無法看見杯底，猶如泥漿般的液體。

士道在瞬間誤以為那是咖啡……但是，事實並非如此。

就在士道為了看清液體的真面具而將臉湊近杯子的瞬間，一股猶如生物兵器般的刺鼻臭味在士道的鼻腔中爆炸。

「——噁！」

他下意識地，將身體往後仰。

「怎麼了？」

「妳……妳問我怎麼了……這個到底是什麼？」

「是茶。外國的茶。」

「好……好有個性的國家呀……」

士道表情扭曲地掩住鼻子，並且再次看向茶杯。士道的生物本能相當固執地拒絕喝下那杯茶——要依循本能行事，或是喝完這杯茶並且成為獨當一面的大人呢？士道能選擇的解決方法應該只有這幾種吧。

「啊……鳶一？謝謝妳為我準備如此珍貴的東西，但是非常抱歉，我可能不敢喝——」

但是，就在士道打算拒絕的時候，折紙將茶杯往士道的方向推過去。

「不……鳶一？」

「請用。」

「不，不是請用……」

「請用。」

「那個，我說啊……」

「請用。」

「…………………………我要喝了。」

開始厭惡起自己的個性。最後，士道還是無法拒絕，再次面向杯子。

「…………」

但是，士道實在沒有自信能直接喝完這杯茶。

為了讓味道變得稍微溫和些，士道拿起擺放在桌子上的其中一小壺牛奶，然後將牛奶倒進杯子中的液體裡。

……但是以結論來說，牛奶根本無法溶解在液體中。

牛奶的油分完全分離並且漂浮在茶水表面，看起來簡直就像是遭到石油污染的海水般。狀況似乎因此變得更加惡劣。

「……不管了，順其自然吧！」

士道下定決心，拿起杯子喝下那些液體。

「——咳噗……！」

不輸給臭味的刺激味道正在蹂躪士道的味蕾。

雖然一輩子都不可能喝過，不過假如真的喝下王水的話，味道應該會跟這個差不多吧？不是苦也不是辣，而是痛。

「水……水……！」

但是，手邊並沒有水。

「…………！」

士道在瞬間撕破自己帶來的點心盒包裝，接著將被壓壞的人形燒（天宮名產）放進嘴裡。

吃起來相當順口的甜味在嘴裡擴散……士道全身無力地將身體倒向後方，最後嘆了一口氣。

「哈啊……哈啊……！」

然後——

「……啊？」

士道按住胸口。

不知道是什麼緣故，士道突然覺得身體開始發熱，體溫就像是發燒般地逐漸攀升……今天的氣溫有那麼高嗎？

而且還逐漸往那裡蔓延。

「…………」

不知為何，折紙將手撐在向後仰躺的士道頭旁邊，然後跨上腹部，以騎乘姿勢覆蓋在他上方。

「…………！鳶……鳶一？」

「什麼事？」

彷彿有異樣的人是士道般，折紙以若無其事的語氣回應。

「不……不是，妳在做什麼……」

「不行嗎？」

「我……我認為……應該不行。」

士道一邊努力地維持理性一邊說出這句話。

折紙的適當重量、女孩子特有的香味、柔軟的觸感、女僕裝摩擦到自己的觸感等，這些東西全部交織在一起，讓士道幾乎要失去招架之力。彷彿只要稍不留神，士道就會立刻使出上下反轉的招式。

「是嗎。」

折紙如此說道，眨了眨眼睛。

「那麼，交換條件。」

「啊……？」

「要我從你身上退開也可以，但是你必須無條件地答應我一個請求。」

「什……什麼請求……？」

士道嚥下一口口水後，提出疑問。

於是，折紙罕見地露出猶豫的表情，片刻之後才以細小的聲音繼續說道：

「你稱呼夜刀神十香為『十香』。」

「咦……？啊啊……對……對呀。」

士道輕輕點頭。確實如同折紙所言。

不，因為原本「十香」這個名字就是士道取的，所以會這樣稱呼她也是理所當然的事情。至於姓氏則是在偽造戶籍時，由令音為她取的名字。

「但是，你卻稱呼我為『鳶一』。」

「啊，是啊……」

「這樣非常不公平。」

說完後，折紙別過臉。

「咦……？不，那個……」

士道不明白折紙的意圖，在腦海中浮現問號。

「所以……？妳希望我稱呼十香為『夜刀神』嗎？有點不習慣吶……」

「…………」

折紙沉默不語地將全身重量壓往腹部。

雖然充其量只是一名少女的重量，所以並不會非常沉重。
但是，問題並不在此。問題是猶如蒸氣噴向耳際的感覺，現在正襲向士道。
「那麼……那麼妳到底要我怎麼做嘛……！」
折紙恢復原有的姿勢，稍微別過臉並且出聲說道：
「我希望你稱呼我為『折紙』。」
「呃……」
「不行嗎？」
折紙如此說道。
雖然聲音聽起來如往常般缺少抑揚頓挫——但是，似乎也蘊藏了幾分不安。
「不……我想……應該可以吧……」
「是嗎。」
「…………」
「…………」
沉默再度籠罩兩人。
如此一來，即使是士道也明白對方的意思了……乾咳一聲後，士道出聲說道：
「那個……折……折紙。」

「…………」

聽見士道叫出這個名字後，折紙一語不發地離開士道的腹部，當場站起身來。

然後，面無表情地，在原地跳了一下。

「咦……？」

看見這個超脫現實的景象，剛好站起身來的士道不禁瞪大了眼睛。

但是，折紙卻表現得毫不在意，輕啟嘴唇說：

「──士道。」

「……！」

話說回來，這好像是第一次聽到折紙這麼稱呼自己……因為折紙平常總是連名帶姓地稱呼自己為「五河士道」。

「哦……哦哦。」

感覺到內心一陣搔癢的同時，士道做出回應。於是，折紙再次在原地跳了一下。當然，臉上的表情肌依舊沒有動作。

……難道說，折紙現在覺得很高興？

之後的數秒內，折紙垂下眼睛彷彿沉醉在喜悅的餘韻中，而後又輕輕地嘆了一口氣。

然後……

「稍等一下。」

不知為何，折紙說完這句話之後，突然轉身往回走。

「啊……喂！鳶——」

「…………」

「……折紙。妳要去哪裡？」

「洗澡。」

折紙朝著士道的方向瞄了一眼，僅僅說完這一句話後便走出客廳。

「啊……？」

被獨自一人留在客廳的士道呆愣在原地，過了一會兒後才理解現在的狀況，然後「唉」一聲地嘆了一口氣。於是，士道再次朝向後方躺下來。

「啊……」

將手放到胸口上。

心臟以令人難以置信的頻率快速跳動著。

但是，即使這麼做，情況依舊沒有好轉。數秒之後，士道快速地撐起上半身。

「對了……！這是尋找手偶的好機會呀！」

因為接二連三地遭遇到衝擊性的體驗，所以士道幾乎忘記了這件事情。但是那可是今天來這裡的主要目的。

出乎預料之外，千載難逢的好機會就這樣降臨了。

「但是……那個傢伙為什麼會突然去洗澡呢？」

百思不解。會是因為流汗的緣故嗎？

……話說回來，她的警戒心也太低了吧？因為如果士道的膽量再大一點，很有可能會到浴室偷窺也說不一定。方才的言行舉止也是如此，讓人覺得折紙似乎在這方面有點不夠小心。

「……哎，不過我的確因此而得救了。」

士道迅速地站起來，比剛才更加仔細地環顧客廳。

「現在看得到的地方……沒有發現蹤跡呢。」

他低聲呢喃，接著開始躡手躡腳地打開櫃子檢查。

其實最有效率的尋找方式，應該是仿效警察強行搜查民宅，將櫃子裡的東西全部傾倒在地板上……但是士道當然不可能做到那種地步。

雖然這次最重要的目的是找回四糸乃的手偶，但是盡可能不讓折紙發現破綻也是重要事項之一。

「……總覺得物品排列得過於整齊，這樣反而更難尋找啊……」

由於連收納空間的內部都整理得非常整齊，所以似乎只要稍稍移動物品，就有可能會立即被發現。

不過，如果一直在意這些事情的話，那就什麼事情都不能做了。士道決定一邊盡可能地將物品放回原來的位置，一邊進行搜索。

「好像不在客廳……如此一來……」

士道看向隔著餐桌的廚房。

空間看起來雖然不大，但是將手偶當成隔熱手套來使用也不無可能。所以還是大致查看過一次會比較好吧。

「我看看……？」

他慢慢地朝著廚房的方向移動，然後依序檢查碗盤收納櫃與流理台的下方。

「嗯……這個是？」

然後，士道的眉毛抽動了一下。

他於被放置在廚房最裡面的垃圾桶內，發現幾個小空瓶。

「這是什麼啊……」

歪了歪頭，他伸手將瓶子拿起來。

「必殺・日本紅蝮」

「精力絕倫・黑天狗」

「甲魚GOLD 1000」

「瑪卡的魔力」

等等等等……

清一色都是每瓶超過數千日圓的高級精力湯。

無論怎麼看，這些東西都不像是女子高中生會喝的營養飲品。

士道搔了搔臉頰。

……哎，雖然應該不至於到這種程度，不過如果將這些飲品倒入鍋子熬煮，應該就會變成味道非常駭人的液體吧？

順帶一提，如果讓男人喝下那種液體，應該會立刻變身為超級模式——全身閃耀金色光芒、下腹部的某個部位也會燃燒得一片通紅吧。

「哎……哎，追究別人的個人喜好是不禮貌的行為。」

不過，「搜索女孩子的家」這種行為其實更加不符合禮儀。所以士道所說的這番話，聽起來相當沒有說服力。

「果然不在廚房。那麼，接下來是——」

士道將營養飲品的空瓶放回垃圾桶，然後慢慢地往前走，眼睛則看向客廳的出入口。

如果沒記錯的話，在抵達客廳前的走廊那裡，似乎還有一扇門。

折紙進入浴室後，已經過了十五分鐘以上。士道稍微加快腳步，往走廊的方向走過去。

然後，就這樣繼續往最後一扇門走過——

「……！」

半途中，士道在一瞬間停下腳步。

因為在最後一扇門的對側，剛好有另一扇連繫著更衣室的門，而且從那裡傳來淋浴的水聲。

原本稍稍平復的心跳再次劇烈跳動。

「……冷靜一點、冷靜一點。」

總而言之，士道先在手掌心寫三次「人」字然後再將它吞下肚，接著一邊想像馬鈴薯頭造型的折紙，一邊默念質數。

……老實說，根本無法冷靜下來。

不知為何，今天士道腦中的狂戰士巴薩卡（註：Berserker，北歐神話中的一種戰士）似乎非常容易失控。這到底是為什麼呢？這種興奮方式簡直就像是喝了好幾瓶高級精力湯似的。

如果繼續待在這裡，自己很有可能會犯下滔天大錯吧。

士道著急地伸出手握住最後那扇門的門把，然後將門打開。

「……！這裡是……寢室嗎？」

在大約六張榻榻米大小的空間裡，擺放了一張床以及衣櫥。

「……嗯嗯？」

然後，踏進房間後，士道立刻發出訝異的聲音，同時瞇起雙眼。

……總覺得，有點怪怪的？

房間很狹小……？不，真正的原因是——

「……那個傢伙，居然睡這麼大一張床啊。」

沒錯。不知為何，房間裡的床是張雙人床。因此讓整間寢室看起來異常地狹小。

而且更加不可思議的是，與其他傢俱相比，唯獨這張床看起來非常新。猶如這一兩天才拆開包裝的新品般。

「最近才新買的床嗎……？不，還是說……」

士道一邊說話一邊往床頭移動——再次為眼前的景象感到疑惑。

在彷彿經由飯店專業人士整理過似地，鋪得漂漂亮亮的床單上，排放著兩個枕頭。

而且，枕頭套上還以ＰＯＰ字體繡出「沒問題」三個字。

「…………」

試著將枕頭翻過來。

另一面繡著「沒關係」。

沒有選擇的餘地。

「…………………」

在經過比之前還長的一段沉默後……

「那……那麼……手偶到底在哪呢……」

即使想理解，卻依舊百思不得其解──所以士道決定停止思考。

然後──就是此時……

「啊。」

士道提起頭，發出一聲短促的聲音。

因為士道看見有一個眼熟的孤單身影，坐鎮在被放置於房間角落的高聳衣櫥上方。

外型被設計得滑稽有趣的兔子手偶──沒有錯，那就是四糸乃的手偶。

「原來在這裡啊……」

如此一來，就能拯救四糸乃了。士道呼出一口氣。

但是，就在士道朝向衣櫥邁開步伐的時候……

「……！」

從寢室外頭傳來「喀鏘」的聲響。

不是普通的開門聲。那應該是開啟浴室門的聲音。

看來，折紙已經洗完澡了。

「糟糕……」

士道動作敏捷地抓起衣櫥上的手偶，然後將手偶硬塞進衣服口袋裡，躡手躡腳地返回客廳。

在千鈞一髮之際剛好趕上了。士道放心地輕嘆一口氣。

接下來只需要帶著手偶平安無事地離開這裡就可以了。

……總覺得最後這項任務的難易度說不定是最高的？士道只希望一切只是自己杞人憂天。

「啊……對了。」

士道突然喃喃自語。

拜訪鳶一家的最主要目標已經達成。

但是士道還有另一個私人目的還未完成。

士道自從被折紙招待進來家裡以後，就一直被牽著鼻子走，根本無法掌握對話的主導權……

但是，這的確是個再好不過的機會。

因為士道想要好好地——與折紙談話。

談論關於精靈的事情。

然後，就在此時，客廳的門被開啟了，士道的思考也因此被中斷。應該是折紙回來了。

士道嚥下一口口水，一邊出聲說話一邊往那個方向看過去。

「哦……哦哦，折紙。我有點事情想問妳——」

但是……

「咿……！」

看見折紙身影的士道，維持原本的姿勢僵直在原地。

走進客廳的折紙的打扮，並不是方才的女僕裝扮——而是只有在赤裸裸的身體外面圍上浴巾的裝扮。

而且因為全身還帶著水氣的關係，微微潮濕的毛巾布緊貼在身上，讓折紙的身體曲線因此展露無遺。全身上下也散發出蠱惑人心的美麗。

「什……什什什……」

就算是自家住處，但在客人（又是同齡男性）來訪時，應該不會有人做出這種異常打扮吧？

「怎麼了？」

但是折紙卻以非常理所當然的語氣說話，彷彿無法理解士道僵直在原地的理由般，輕輕歪了歪頭。

「……！啊，啊啊，妳忘記要穿上衣服了嗎？啊，哈哈哈……真是遲鈍呀。」

士道的臉上浮現尷尬的笑容，然後做出就像沒上油的機械似的僵硬動作，將頭轉向反方向。

「…………」

但是，折紙沒有說話，踩著靜悄悄的步伐來到士道身邊——然後與剛剛一樣，坐在可以感覺到彼此呼吸與體溫的位置上。

就這樣，折紙突然將身體壓向自己。

「——！」

士道的肩膀顫抖了一下，然後當場跳起來，拉開與折紙之間的距離。

「……？」

折紙一臉不可思議地歪著頭。

「怎麼了？」

「妳……妳居然還問我怎麼了……」

就在士道說話的這段時間內，折紙依舊往士道的方向逐漸逼近。

士道在此時拚命地思考——然後突然出聲說道：

「折……折紙！那個——我……我有事情想要問妳！」

折紙當場停止所有動作。

「什麼？」

「啊……啊啊，那個……」

為了確認通訊狀況，士道試著輕輕敲擊耳麥。

完全聽不見聲音。通訊完全失效。

無論現在說出什麼話，都不會讓琴里他們聽見。

士道下定決心，開口說道：

「那個……折紙。妳——很討厭……精靈……我沒說錯吧？」

「…………」

說出這句話的瞬間，士道感覺折紙給人的感覺似乎改變了。

對於士道說出這種話而感到詫異，折紙輕輕歪頭。

「為什麼？」

折紙筆直地凝視士道的眼睛，同時提出反問。

這也難怪。老實說，這個問題根本毫無脈絡可言。如果與〈佛拉克西納斯〉的通訊沒有中斷的話，琴里一定會說出「不准洩漏多餘的情報」或是「不要隨便引起對方的警戒心」這些話來斥責士道吧？

但是，士道還是忍不住想要詢問這個問題。

向折紙，向曾經因為精靈而失去雙親——現在則是對精靈舉刀相向的少女，詢問這個問題。

「……！不，就是——該怎麼說呢。例如說，精……精靈之中也是有善良的……」

「不可能。」

折紙冷淡地一口否決。

「精靈只要一現身，就會破壞這個世界。她的『存在』將會殲滅這個世界。那是一種禍害。那是一種災難。是所有生物的敵人。」

「妳……妳怎麼這麼說──」

「──我永遠不會忘記。」

她中斷士道的發言。

明明表情、聲調都沒有改變……但是不知道什麼緣故，士道卻感受到一股冷徹心底的壓迫感。

「不會忘記五年前從我身邊奪走雙親的精靈。」

「五年……前？」

士道露出目瞪口呆的表情如此說道。折紙輕輕點頭後，繼續說道：

「五年前，在天宮市南甲町的住宅區，發生了一場大規模的火災。」

「咦……」

士道皺起眉頭。因為士道以前曾經住過那裡。

後來自己的家被火災燒掉了，所以才搬來這裡。

「雖然沒有對外公開，但是那場火災──是精靈所引起的。」

「什……！」

士道驚訝地瞪大眼睛。

「全身纏繞著赤紅火焰的精靈。我——就是被那名精靈奪走了所有一切。我絕對……不會原諒精靈。我將會打敗所有精靈。我不會讓其他人留下相同的痛苦回憶。」

以平靜卻充滿堅強意志的聲音如此說道，折紙緊緊握起拳頭。

「還有，理所當然地——夜刀神十香也無法例外。」

「咦……」

因為突然聽見十香的名字，士道不禁瞪大眼睛。

「雖然她現在並不被承認是精靈。但是，我仍然不會允許她的存在。」

「…但……但是，現在的十香不會引起空間震，也不會胡亂破壞這個世界啊。既然如此——那就表示她已經跟普通的女孩子沒有差別了呀！」

但是，折紙沒有表現出一絲一毫的猶豫與躊躇，左右搖了搖頭。

「精靈的反應從她身上消失這件事情，的確是事實。不過，在發生原因不明的情況下，當然必須預防最壞情況發生的可能性。」

「……那……那是因為——」

士道的話才說到一半就停止了。

折紙的見解並沒有錯。因為她並不知道十香的能力是藉由士道的能力所以才會被封印。

「但是……引發空間震並不是她們的意願啊！既然如此——」

「——？」

聽見士道的話，折紙一臉不可思議地歪了歪頭。

「為什麼……你會知道這件事情？」

「……不……那是因為——」

不小心洩漏太多情報了。士道思索用來搪塞的藉口之同時，目光也變得游移不定。

於是，折紙以毫無抑揚頓挫的音調繼續說道：

「剛好趁這個機會，我也有些問題要問你。」

「什……什麼事……？」

「四月二十一日，我在執行作戰的過程中看到了你。」

「……！」

聽見那個日期，讓士道的背脊竄起一陣惡寒。

那是十香以靜穆現界的方式出現在這個世界的日期。

也就是說——那同時也是士道親吻十香，並且封印十香力量的日期。

「你究竟是誰？」

以平靜的視線目不轉睛地看著士道，折紙如此說道。

「不，那個……那是……」

不能洩漏〈拉塔托斯克〉的相關訊息。士道慌亂到不知該如何是好——

「…………」

於是，咬住下唇，試圖讓自己的呼吸恢復平靜之後……

「……鳶一。或許妳不會相信，但是——可以請妳聽我解釋嗎？」

折紙毫不遲疑地點點頭。

「嗯……那個呀。雖然我不能說出詳情……但是，其實我與精靈見過幾次面，也跟她們對談過——不只有十香……還有四糸乃。」

「四糸乃？」

「啊啊——就是被妳們稱呼為〈隱居者〉的精靈。」

折紙的表情雖然看不出來有任何變化，但是當士道說出這句話的瞬間，似乎可以感受到折紙的呼吸速度稍微加快，並且發出「嘶……」的聲音。

「這樣很危險。你最好停止這種行為。」

她以沒有抑揚頓挫的聲調，提醒士道。

但是，士道卻搖搖頭。

「——鳶一。即使只有一次也好，妳曾經跟四糸乃說過話嗎……？不——我想應該沒有吧。

因為妳連她的名字都不知道呀。」

連同身體一起往折紙的方向轉過去，繼續說道：

「拜託妳。只要一會兒、一會兒就足夠。當四糸乃再次現界的時候，請妳試著與她交談吧。或許確實如妳所言，真的有邪惡的精靈存在。但是，十香與四糸乃──我不知道該怎麼說才好……她們都是相當善良的精靈喔……！幾乎連人類都比不上，非常、非常善良的精靈喔……！」

「…………」

折紙一句話都沒有說，只是相當鎮定地看著士道。

以一種看起來相當平靜，卻讓人感受不到冷漠的特殊眼神看著士道。

「……！」

──啊啊，對了。士道終於察覺到了。

士道明明知道折紙並沒有能左右ＡＳＴ決策的權力。

但是，他卻還是冒著洩漏情報的危險對折紙說出這番話。其中的理由──那個不得不說的理由其實是……

當然，想要拯救四糸乃是一大主因，但是原因不僅僅只有如此。

現在，士道終於實際領悟到了。

「原來──如此，我……」

士道重新將視線投向折紙身上。

「我……想要盡力幫助四糸乃，也希望妳能認同十香。但是，我還有一個與這兩個冀望同等重要的心願。鳶一，我同時也希望──沒錯，我希望妳不要殺害如此善良的精靈……！」

「…………」

「妳也是一個相當善良的人……！明明還只是個高中生，妳卻為了保護世界而挺身作戰吧？這可不是一件簡單的事情啊。我真的很尊敬妳。」

沒錯。士道並沒有責怪折紙做錯的資格。

因為精靈而在五年前失去雙親──不希望有人再次經歷到與自己相同的痛苦，為了保護人類而拿起武器的高尚少女。

士道絕對不會以輕薄的言語侮辱她的決心。

但是──

「為什麼……為什麼事情會變成這樣呢……無論是誰──無論是誰都沒有錯啊。十香也是；四糸乃也是；鳶一，妳也是。大家都是那麼善良的人啊……」

「那也是──」

話說到一半，折紙嚥了口口水然後繼續說道：

「那也是無可奈何的事情。」

「……！」

「假如你所說的一切屬實，〈隱居者〉並不希望與我方戰鬥。但是只要她具有精靈的身分，就一定會有引發空間震的危險性。我們無法為了她一個人，將其他許多人的生命暴露在危險中。」

相當條理分明的主張。琴里也曾經說過這種話。

觀念有誤的人或許是士道也說不一定？

彷彿要隱藏表情般，士道將原本扶住額頭的手蓋住眼睛，同時用力地咬緊牙齒。

腦袋雖然可以理解折紙所說的話，但是心裡卻無論如何也無法接受這個論點。

「——最後再讓我確認一個問題。」

聽見這句話，折紙一臉不可思議地歪了歪頭。

「如果發生像十香那樣，無法在她身上偵測到精靈力量的情形——是不是就不能再攻擊那位精靈了呢？」

沒錯。士道所提倡的只是一種理想論點，而且充斥著太多不合理的因素。

——但是，士道身上卻擁有能實現這些不合理因素的可能性。

「…………」

折紙沉默了一會兒，然後才回答道：

「其實這並非我所願。雖然反應消失了，但是放任精靈不管這種行為實在是太危險了。」

「……！怎麼會——」

「——不過，依據上級的政策方針，只要沒有出現精靈的反應，就只能將對方視為人類對待。所以我不能專斷獨行地任意攻擊。」

「所……所以？」

「關於那個問題，我必須給予肯定的答案。」

折紙非常鎮定地說出答案。

士道下意識地吞了口口水，然後緊緊握起拳頭。

「——謝謝妳。今天能聽到這個消息，就已經足夠了。」

「是嗎。」

折紙簡短地做出回應之後……

「——你今天來這裡的目的，就是這件事情嗎？」

一些些，真的只有一些些而已，折紙稍稍垂下眼瞼，說出這句話。

依舊是沒有抑揚頓挫的聲調，但是不知為何，卻讓士道感覺到聲音中有種難以形容的不悅。

「不……不是……沒……沒有這種事。我今天來這裡，是為了與鳶一說話……」

雖然不能對她提及手偶的事情，但是士道也確實沒有說謊。

由於耳麥的功能失效，所以才必須由士道親自搜索——不過，為了不要讓她起疑心，其實本來的計畫應該是要在攝影機四處搜索的期間與折紙進行對話。這才是士道來這裡的真正目的。

「…………」

折紙聽見士道的話後，剛剛圍繞在她身邊的些微嚴肅氛圍立即在瞬間煙消雲散。

然後，折紙繼續往士道的方向漸漸靠過來。

但是，就在此時……

嗚嗚嗚嗚嗚嗚嗚嗚嗚嗚嗚嗚嗚嗚嗚嗚嗚嗚嗚嗚嗚——

外頭突然響起空間震的警報聲。

「警……警報……？」

「…………」

折紙沉默了一會兒，然後輕輕嘆了口氣並且原地站起身來。

「折紙……？」

「——出動。你也趕緊前往避難所吧。」

只說了這句話，折紙便往走廊的方向走過去了。

被留在原地的士道呆愣在原地一會兒之後……

「……難道說……是四糸乃——？」

因為聽見震耳欲聾的警報聲而皺起眉頭——士道緊緊握住口袋中的手偶。

第五章 凍結的大地

Frozen field

「……！」

睜開眼。四糸乃驚慌失措地顫抖了一下。

在黑暗中假寐的感覺突然消失的同時——涼爽的空氣撫過臉頰，街道的景色映入眼簾。

「咦……啊……！」

四糸乃環顧四周。

不知位於何處的街道正中央。

四糸乃的周圍猶如發生爆炸般，所有物品都被全數炸飛。

然後，從天空落下，冰冷的雨滴。

那是已經體驗過無數次，幾乎要使人生厭的現界觸感。

只是唯一不同的是——四糸乃戴在左手上的唯一朋友，現在並沒有陪伴在自己的身邊。

「……！」

天空中傳來熟悉的聲音。

如四糸乃所預料的——幾名身穿機械盔甲的人類正漂浮在上空。

「——目標確認。全體成員，開始攻擊！」

「是！」

這段對話結束後，人類們瞄準四糸乃，從手、腳等部位發射出大量子彈。

「…………！」

四糸乃屏住呼吸，然後用力踏了一下地面，飛向天空。

就這樣，四糸乃彷彿要躲避來自人類們的攻擊般，一邊在天空中畫出複雜的行進軌道，一邊逃離現場。

「不要讓她逃跑了！」

「——遵命！」

聽見後方傳來的聲音，AST人員發射出更大量的子彈。

每發子彈都是充滿致命力量的必殺一擊！如果沒有靈裝的話，四糸乃應該死一百遍也不夠吧。那樣的攻擊簡直就像是惡意與殺意的化身。

「……！……！」

在飛行軌道漸漸變得混亂的同時，四糸乃發出不成聲的叫聲。

心跳漸漸加快，

肚子變得疼痛，

眼睛不停轉動。

因為四糸乃不允許其他人對自己展現惡意與殺意。

與平時的情況——不同。

如果在平時，四糸乃的左手上會有「四糸奈」陪伴在身邊。

然後，因為「四糸奈」非常堅強又值得信賴，所以根本不會把這些攻擊看在眼裡。

所以，感到安心的四糸乃自然也不會去傷害其他人。

但是，現在——

「呀……………！」

背部感覺到一波猛烈衝擊，四糸乃發出短促的哀鳴聲並且往地面墜落。

雖然不是足以貫穿靈裝的攻擊，但是，加上靈裝的防護力以後，還是形成了足以將四糸乃打落到地面上的沉重一擊。

讓人不知如何是好的恐懼感，逐漸在四糸乃的心中蔓延開來。

牙齒喀噠喀噠地打顫，

雙腳哆哆嗦嗦地發抖，

視線搖搖晃晃地晃動。

已經……不知道該如何是好，腦袋裡變得一片混亂。

「嗚……啊……啊……」

嘩啦嘩啦——雨勢變得更加磅礴。

「——很好，就這樣一鼓作氣地把她解決掉！」

具有隊長身分的女人如此說道。就在此時，人們動作一致地將手中的不祥武器瞄準四糸乃。

於是，由槍口所凝聚出來，至今為止最激烈的殺意就這樣從天而降了。

在即將中彈之前，四糸乃高高舉起右手。

——然後……

「……〈冰結傀儡〉……！」

呼喚災禍名稱的同時，四糸乃將右手往下一揮。

「——殺死了嗎？」

透過通訊器，聽見透漏出一絲絲興奮的燎子的聲音。

折紙輕輕地、長長地呼出一口氣，同時不敢輕忽大意地注視著煙霧瀰漫的地面。

「…………」

距離警報聲響起，大部分居民逃往避難所的時間，大約經過了三十分鐘。

確認〈隱居者〉的蹤跡之後，折紙一行人立即展開殲滅作戰。

如今，現場有九名搭配遠程攻擊裝備的ＡＳＴ隊員漂浮在空中。

以纏繞全身的接線套裝，以及算是基本配備的飛行推進器為主，再加上可以攜帶許多對精靈彈藥的殲滅兵裝。

對於普通人而言，這些裝備的重量幾乎會重到使人無法動彈——但是，折紙他們卻能利用顯現裝置所發動的絕對力場‧隨意領域（Territory）來中和重力。

全體人員都維持將槍口對準〈隱居者〉的姿勢，窺探精靈的動靜。

然後，就在這個時候……

「什——」

某位成員充滿驚慌失措的聲音，透過通訊器傳進全體成員的耳裡。

原本瀰漫在〈隱居者〉墜落處的煙霧，突然在一瞬間完全消失——煙霧散去之後，出現一個之前看不到的笨重身影。

——〈隱居者〉的嬌小身體正緊緊靠在那個笨重身影的背上。

「那是……」

燎子的聲音透過通訊器傳進折紙的耳裡。

折紙看過那個人偶。它是上次〈隱居者〉所顯現出來的武器——天使。

然後，人偶向前彎下身子，就在兩隻前腳快要接觸地面時，人偶的四肢、腹部以及嘴巴突然發出「轟喔喔喔喔」的聲音，同時吐出陣陣白煙。

接下來，人偶的頭部往天空的方向抬起來……

——咕嗚喔喔喔喔喔喔喔喔喔喔喔喔喔喔喔喔喔喔喔喔喔喔喔喔喔喔喔喔喔——

發出會讓人產生耳鳴的奇特咆哮聲。

接下來——以人偶為中心的周圍地面開始發出劈哩啪啦聲，並且呈現放射形狀逐漸變白。

「這……這是什麼呀……！」

其中一名隊員發出充滿焦慮的聲音。

但是，〈隱居者〉的人偶卻對ＡＳＴ的反應視若無睹，持續不斷地發出令人厭惡的咆哮聲與冰冷氣體。

此時，地面被染成一片雪白。

「…………！」

折紙環顧四周。

映入眼簾的街道、視線所及的每一個地方都發生了同樣的現象。

因為突然其來的豪雨所產生的水坑開始冒泡，形成無數個猶如荊棘般的銳利形狀，然後在一瞬間凍結。

從天而降的冰霜布滿整個道路與建築物，簡直就像是將一條街道直接放入冷凍庫似的。

一眨眼之間——折紙一行人的視線被寒冰遮掩。

而且，最糟糕的是，此時現場再次從天空落下傾盆大雨。

大量雨水一接觸到覆蓋在地面上的冰之後，立即在一瞬間與其同化。

永無止境的侵略與持續不斷的增建，架構出一座冰凍的城堡。

那座城堡不留空隙地填滿了整條天宮街道。

「……！全體成員！不要膽怯！射擊！」

就在燎子下達命令的同時，折紙也在腦內發出指令。

裝備在全身上下的所有槍口一起運作。

其他名AST隊員也採取相同的舉動——傾盡所有可以擊發的子彈來掃射〈隱居者〉。

但是——

「…………」

一瞬間，折紙屏住呼吸。

因為在距離〈隱居者〉相當遙遠的地方，他們的子彈就全數被冰凍，甚至沒有爆炸就直接掉落地面。

折紙立刻在腦內下達指令，啟動簡易分析功能。

於是，視線裡立即出現許多微弱，但是範圍卻大到相當嚇人的靈力反應。

「這……這是什麼呀！」

「——恐怕是這場雨的緣故。」

折紙以簡潔的答案來回應隊員的驚慌失措。

「雨……雨？」

「沒錯。雖然很少量，但是雨水確實夾帶著精靈的力量。」

不留空隙、完全遮蔽視線的豪雨。

碰觸到雨水的瞬間，彈藥就會被雨淋濕，威力因此被凍結，最後掉落在地面上。

夾帶著精靈力量的雨水與寒氣。這片水之簾幕其實是種相當牢固的防護牆，目的是為了保護地面上那座偌大的冰之城堡，還有坐鎮其中的主人。

「…………！」

然後——就在此時，一直緊緊靠在巨大人偶背上的〈隱居者〉突然有所動作。

咕喔喔喔喔喔喔喔喔喔喔喔喔喔喔喔——發出比剛才更加大聲，簡直就像是機械般的咆哮聲之後，人偶將身體往後仰起。

人偶的樣子變得跟之前都不一樣。

沒錯，換句話說，人偶並不再吐出寒氣，而是猶如深呼吸般地大口吸氣——

「……！全體成員，撤退！」

就在聽見燎子指令的同時，折紙一行人在腦內向飛行推進器下達指令，從至今漂浮其中的天空領域撤離。

人偶在瞬間將頭部恢復到原本位置，然後伴隨著震耳欲聾的刺耳高音，從嘴巴附近吐出藍色光線。

「嗚哇……！」

「嗚——！」

「——」

透過通訊器聽見隊員的痛苦悶哼聲。似乎是有兩個人來不及逃跑。

在空中轉身，往下方瞄了一眼。

有兩個半徑長達三公尺的圓冰球正在下方滾動。

一定不會有錯。那就是剛剛從通訊器的另一邊傳來悶哼聲音的人們。

「……連隨意領域也一起被冰凍了嗎……？別開玩笑了……！」

「…………」

雖然耳邊聽見隊員的聲音，但是折紙還是小心翼翼地觀察〈隱居者〉的舉動。

然後——〈隱居者〉似乎察覺到ＡＳＴ一行人正陷入混亂之中，於是再次採取行動。

轉身背對折紙他們之後，人偶立刻將四隻腳踩在地上，然後就這樣相當迅速地以猶如滑行的方式逃跑了。

「咕……快點追上去！」

「遵命！」

折紙一行人在腦內下達指令，啟動飛行推進器。

◇

「……！」

原本在五河家二樓裡面房間睡覺的十香，因為聽見突然響起的爆炸聲而迅速地抬起頭。

「怎——怎麼了……？」

被突發狀況嚇到起身的十香拉開窗簾，發出喀啦喀啦的聲響。

於是，十香不自覺地全身顫抖了一下。

與其說是感受到某種非同小可的恐怖，倒不如說是從窗外吹進來的風意外地冰冷，讓身體一陣顫抖。

氣溫下降到異常的溫度。十香驚訝地皺起眉頭，環顧四周。

視線所及之處都在下著雨，而且，碰觸到地面的雨滴全都在一瞬間凍結。

「這……這是……」

「到底發生什麼事情了……」

然後，就在此時，十香突然想起剛剛的回憶。

在睡午覺的期間，似乎有聽見「嗚嗚嗚嗚嗚嗚——」的聲音響起。

本來以為是在作夢，但是，那應該是……

「那應該是叫作……警報的東西吧……！既然如此，這就是……空間震？」

雖然與小珠老師所形容的爆炸場景不太相同，但是一看就能知道目前的事態嚴重。必須趕緊前往避難所避難才行。

然後——就在十香打算走出房間的時候……

「……！」

有個奇怪的東西以驚人的速度通過窗戶外面。

擁有矮胖外型，全長約有三公尺長的人偶。

而且有一名穿著綠色外套的少女正乘坐在它的背上。

「她是……那個時候的……」
沒錯，她是之前與士道見面的那名少女。
認知到這項事實的同時，十香感覺到心臟用力地跳動了一下。
沒有任何根據。但是不知為何——十香覺得士道應該就在那名少女的身邊。
「……！」
十香咬住嘴唇，往戶外飛奔而去。

◇

「什……這是什麼啊……！」
看見眼前的景象，攜帶著手偶來到公寓外頭的士道驚訝地睜大眼睛。
因為原本熟悉的街道景色，已經完全變成一整片的銀白世界。
那並不是積雪之類的原因所造成。純粹是因為整條街道已經被冰凍了。
「——你沒聽見警報聲嗎？是四糸乃唷。」
從剛剛一直保持沉默的耳麥傳來琴里的聲音。
「比起這件事情，在精靈出現之前，你都在做什麼？花了好長一段時間才出來。」

「……沒有啦，因為我被架設在玄關的黏蟲膠給抓住了……」

沒錯，就在士道打算離開折紙房間的時候，腳被陷阱卡住了，所以才會這麼晚出來。

……但是，那真是個奇怪的陷阱啊。雖然稍微花了一點時間，但是並沒有到完全無法脫身的地步。正確來說，那個陷阱看起來不像是為了捕捉從外部闖進來的入侵者，反而比較像是讓打算從內部逃亡的人暫時無法逃脫……

「……不不不！」

現在不是在意這種事情的時候了。士道左右搖頭，重新思考。

「這些都是……四糸乃做的嗎？」

「沒錯。」

他一邊眺望被冰覆蓋的街道一邊如此說道。然後，聽見琴里的回覆。

「這可不是一個能讓人慢慢處理的狀況。就連原本應該要排掉的雨水也被同化並且全數凍結了，如果繼續持續這種狀態，可能會對地基與地下避難所造成重大影響。」

嘆了一口氣，琴里繼續說道：

「——現在能阻止四糸乃的只有你以及那個手偶而已。你願意阻止她嗎？」

「那是當然的啊。不管是四糸乃還是這條街道，我都無法坐視不管。」

「……小士，我能拜託你一件事情嗎？」

然後，從耳麥傳來充滿睏意的聲音。是令音。

「……我試著調查了許多事情——看來，你所抱持的疑問確實有其可能性。」

疑問——應該是指前幾天四糸乃到家裡時，士道所提及的那件事情吧。

這麼說來，琴里似乎曾經說過會請令音幫忙調查這件事情。

「……因為沒有時間了，所以我就長話短說吧。四糸乃是——」

令音言簡意賅地解釋所有事情。

「……！」

聽見這番話的同時，揪心的痛楚穿過士道全身。

但是——士道完全沒有感到一絲意外。

只有感受到「啊啊，如果是四糸乃的話……」這種領悟，以及——

更加確信「自己果然必須拯救那個女孩」這種信念。

「……琴里。」

士道再次看向街道，深呼吸。輕輕拍了拍心臟激烈跳動的胸口，下定決心。

這幾個動作似乎就讓琴里察覺士道的意圖，於是出聲說道：

「——很好。請往右側直直跑到大馬路。從四糸乃的行進方向與速度來看，大約五分鐘後會抵達那裡。所以那個位置應該可以繞到她的前方。」

「知道了……！」

接獲指示後，士道迅速地邁開腳步。但是……

「請你儘快提昇好感度，然後跟她親吻。」

「……嗚！」

……聽見琴里親口說出來的具體手段，讓士道感到有些遲疑。

「怎麼了？有什麼問題嗎？」

「不……不是那個原因……那個……」

士道的臉頰微微染紅，同時如此說道。琴里彷彿感到非常驚訝般，「唉」地嘆了一口氣。

「什麼，到現在你還在害羞呀？又不是第一次。」

琴里的話讓士道想起在百貨公司裡發生的那件事情，士道的臉於是變得更紅了。

「話……話雖如此……不，該怎麼說呢？那個時候的狀況比較像是一場意外，但是現在必須靠自己重新做一次，總覺得有點罪惡感呀……」

「——啊啊，什麼呀。原來士道是蘿莉控？」

「……！才……才不是！」

「討厭～這是什麼反應？我猜對了？你的好球帶是落在國中生以下嗎？呀～好恐怖～我也必須小心點才行呀！」

琴里開玩笑似地說道。士道一邊說著「喂、喂」一邊搔了搔臉頰。

「不，那是不可能的唷。」

即使兩人之間沒有血緣關係，但是琴里依舊是從小一起長大的妹妹。所以絕對不可能會發生這種事情。

「…………」

「琴里？」

「囉唆，快點出發！」

琴里以轉變為高壓的司令官模式後極為罕見的慌張聲調，大叫出聲。

「什……什麼嘛……」

雖然感到一頭霧水，不過士道還是邁開步伐，奔跑在寒冷的雨中。

冰凍的路面讓人難以行走，士道努力保持一定的速度奔跑。

沒多久，士道抵達空無一人的大馬路——穩穩地停下腳步。

「——來了唷！」

才剛聽見琴里的聲音沒多久——士道就看見遠方出現一個笨重的影子。

光滑而充滿無機感的外型。頭部擁有一對與兔子相似的長耳朵。沒有錯。那就是四糸乃顯現出來的天使——〈冰結傀儡〉。

士道以彷彿要喊到聲嘶力竭般的音量大叫出聲。

「——四糸乃啊啊啊啊啊啊啊啊啊！」

「…………！」

緊緊靠在以驚人速度逼近的人偶背上，四糸乃全身顫抖了一下。

看來，她已經注意到士道的存在了。

〈冰結傀儡〉以近似在冰凍路面上滑行的姿勢移動，最後停在士道的面前。

然後，當笨重的人偶彎下身軀時，靠在人偶背上的四糸乃立刻抬起早已淚流滿面的臉。

「妳……妳好呀，四糸乃。好久不見了呢。」

「……士……道……！」

四糸乃撐起上半身，不斷上下點頭。

此時，四糸乃將原本插在〈冰結傀儡〉背上兩個空洞裡的雙手抽出來。她的每根手指上都有戴著閃閃發光、看似戒指的物體，而且戒指還延伸出長長的細線連接〈冰結傀儡〉的內部。四糸乃很有可能是利用操控線偶的方式來操作〈冰結傀儡〉。

「四糸乃，我有個東西要給妳。」

「……？」

用袖子擦去眼淚後，四糸乃臉上充滿疑問地歪著頭。

「啊啊，這個——」

然後，就在士道打算將放在口袋裡的手偶拿出來的那一瞬間……

「士道！」

琴里聲音響起的同時，從士道後方出現許多瞄準四糸乃而發射出來的光線。

那些光線掠過四糸乃的肩頭與臉頰附近後，朝向後方貫穿而去。

「什……！」

士道驚訝到說不出話，迅速地轉過身。

出現在眼前的，是身穿重裝、一邊舉起巨大砲口一邊漂浮於天空中的折紙。

「折……折紙……！」

而且，不僅如此。不知從何時開始，ＡＳＴ的巫師們已經陸陸續續地往士道與四糸乃的周圍集結而來。

「——那裡的少年，這裡非常危險。趕快離開那名少女。」

一名看似隊長的女人以彷彿是透過機器所播放出來的聲音，說出制式僵硬的台詞。

但是……

「嗚——啊……啊……啊……啊……！」

沒多久，前方突然傳來這種叫聲。於是士道將頭轉回原本的方向。

看見AST隊員出現的四糸乃，全身不斷顫抖。

「…………！」

士道皺起眉頭，屏住呼吸。

「啊，啊啊啊……嗚啊啊啊啊啊啊啊啊啊啊啊啊啊——！」

大叫出聲，四糸乃再次將雙手插進〈冰結傀儡〉。

然後，人偶全身噴散出驚人寒氣，往後方滑行而去。

「四糸乃……！等等！」

但是士道的懇請已經無法傳遞到她的耳中。

四糸乃所操控的〈冰結傀儡〉發出「咕喔喔喔喔喔喔喔喔喔喔喔——」的吼叫聲，將周遭的空氣全部吸進體內。

「那——那個是……！」

奔跑在冰凍街道上的十香被視線前方的景色所震懾。

寬廣的道路上，可以看見士道、前幾天見過的藍髮少女，以及AST人員們的身影。

然後，少女操控人偶往後退，讓人偶仰起身軀將周圍的空氣吸進體內。

「——！」

十香感受到一股惡寒從腹部竄起。

無法說清楚原因，應該只有類似「本能」這種程度的答案可以解釋吧？總之，十香就是知道。那是——非常危險的情況。

那種感覺相當難以形容。沒錯，現在的空氣振動方式，與十香使用〈鏖殺公〉施放出全力一擊之前的振動方式一模一樣。

「……士道！」

十香大叫出聲。

但是，十香非常清楚即使自己這麼做，也發揮不了任何作用。

十香突然將腳跟用力踏向地面。

「〈鏖殺公〉……！」

然後，呼喚這個名字。十香的最強之劍，同時也是一座王座。擁有形體的奇蹟之名。

「…………嗚——」

不過，沒有產生任何變化。十香皺起臉來。

其實十香早就已經有心理準備。因為之前已經從琴里他們那邊聽過許多說明了。

例如十香是一種什麼樣的存在，以及琴里他們冀望十香做些什麼事情。

然後，在解說的過程中，十香也得知了自己力量被封印的事情。

理所當然地，剛開始十香還是會感到些許不安。因為至今一直擁有的能力，居然在某天消失不見了。

但是，十香漸漸明白那是為了能以人類身分與士道一起生活的必要因素。

老實說——現在的生活方式，讓十香感到非常高興。

雖然折紙還是一樣令人討厭，琴里與令音也還讓人無法完全信任。

不過，與士道一起度過的日常生活，卻充滿了未曾體驗過的幸福光輝。

——但是……

「〈鏖殺公〉——〈鏖殺公〉！〈鏖殺公〉……！」

為了拯救士道，現在，十香必須找回理應不再需要的能力。

她不斷地、不斷地，將腳跟用力踏向地面。

但是，無論嘗試幾次，依舊無法讓〈鏖殺公〉顯現出來。

「嗚——拜託你……快點出來，〈鏖殺公〉……！」

咬緊牙齒、皺起眉頭，即使臉上已是泫然欲泣的表情，十香還是持續不斷地踏向地面。

「……嗚！」

腦海中，鮮明回憶起士道被槍殺時的景色。

被挖出一個大洞的腹部。虛弱倒下的士道。無能為力的自己。

絕對……不想再重蹈覆轍。

——就在這個瞬間，少女讓〈冰結傀儡〉的頭部回到原本的位置。

「……！」

搖搖晃晃、頭暈目眩，十香的精神狀況變得十分不穩定。彷彿要讓人失去意識般的沉重壓力開始蹂躪十香腦內。

「嗚——啊……啊啊啊啊啊啊啊啊啊啊啊啊啊啊！」

接下來，在〈冰結傀儡〉從嘴部發射出凝結冷氣的那一瞬間——

「嗚……嗚哇……！」

因為被〈冰結傀儡〉所釋放出來的驚人氣勢所震懾，士道不自覺地跌坐在地上。

散開在周圍的ＡＳＴ隊員們，不停地對開始吸進空氣的〈冰結傀儡〉展開攻擊，但是那些攻擊都被周圍的雨水所阻絕。

然後——在四糸乃操控下的〈冰結傀儡〉釋放出驚人的冷氣洪流。

「什——」

雖然不明白詳細情況，但唯一可以確定的是，那絕對是足以奪取士道性命的致命一擊。

這個時間點與速度——無論如何都躲不過了。

「士道——」

耳邊聽見折紙的聲音，但是，來不及了。士道下意識地閉上眼睛——

全身僵硬幾秒之後，察覺到異樣的士道歪著頭睜開眼睛。

「這……這是——」

然後，露出目瞪口呆的表情。

因為，不知何時出現的王座聳立在士道面前，保護士道免於四糸乃的攻擊。

「鏖……鏖殺公……？」

沒錯。擁有金屬質感的豪華王座。鋼灰色的扶手、可以劍柄顯露在外的靠背。

那就是精靈十香獨一無二的武器——〈鏖殺公〉。

「為……為什麼它會在這——」

「——很簡單唷。」

右耳傳來琴里的聲音。

「琴里……？這是怎麼回事？十香的力量不是被封印了嗎？」

「我不是說過了嗎？只要十香的精神狀態變得不穩定，理應被士道所封印的力量就有可能會逆流。雖然遠遠不及以前的全部力量，不過我還是沒想到她居然能讓天使顯現……看來你備受寵愛呀，士道。」

「啊……？所……所以為什麼現在十香的——」

就在士道呆愣在原地的這段期間，周圍也開始出現動靜。

被突然出現的王座所嚇到的人，似乎不僅僅只有士道而已。四糸乃露出彷彿看見稀奇古怪東西的表情，接著立即操控〈冰結傀儡〉以驚人的速度逃離現場。

AST隊員們也驅動飛行推進器緊追在後。

折紙瞄了一眼聳立在士道面前的王座，微微皺眉。然後，便與其他名AST隊員一樣前往追捕四糸乃。

「…………」

士道呆愣在原地一會兒之後，才突然張大眼睛回過神來。

「對了，我也必須趕緊追上四糸乃——」

然後……

「——士道！」

從後方傳來呼喚自己的聲音。

可愛的聲音、獨特的聲調。更重要的是，聳立在士道面前的王座。根本無須多加思索聲音的主人是誰——一定是十香。

「十香……嗯？咦——？」

轉過頭來的士道看見十香與平時不同的裝扮，因此睜大眼睛。

雖然十香還是如同往常般穿著來禪高中的制服——但是胸口與裙子等身體的重要部位，都出現了隨風搖擺的美麗光膜。

「十香，那個是……？」

「嗯？」

聽見士道這麼說，十香才睜大眼睛看向自己的身體。

「哦哦！這是什麼呀！靈裝嗎！」

似乎是聽見士道的提醒後才察覺自己的模樣有所改變。十香驚訝地大叫出聲。

接下來，十香輕輕觸摸光膜，過了一會兒後，才突然抬起頭來，將視線挪回到士道身上。

「比起這件事情——士道，你沒事吧？沒受傷吧？」

「啊……我沒事。託妳的福。」

士道一邊抬頭仰望聳立在眼前的王座一邊如此回答。

然後，十香有點尷尬地挪開視線之後，以些微顫抖的聲音繼續說道：

「那個……關於很多事情……對……對不起。」

「咦……？」

士道以驚訝的語氣如此回應之後，十香發出「唔唔唔」的嘟囔聲。

「也就是說……！我之前因為一些莫名其妙的原因而感到焦躁不安……那個，既沒有向士道道謝……還造成你的困擾。所以──我一直……很想向你道歉……」

「不……那些都是我的錯……」

必須慎重否認十香的話才行──但是，現在沒有多餘的時間了。

士道嚥下一口口水。

精靈十香的天使〈鏖殺公〉。以及，靈裝。

雖然不是最強狀態，卻依舊是能超越人類智慧的特殊能力。

那是能對抗ＡＳＴ的CR-Unit還有四糸乃的〈冰結傀儡〉的精靈力量。

沉思數秒後，士道轉身面對十香。

「──十香，我有件事情想要拜託妳。」

「嗯……？怎麼了？口氣這麼嚴肅。」

十香一臉疑惑地歪著頭。

士道毫不猶豫地當場跪下來，然後深深地低下頭。

「士……士道？」

「──拜託妳。請妳幫助我。我知道拜託妳幫忙是相當不合理的。但是，我──必須拯救四糸乃……！」

「…………」

十香沉默了一會兒之後，輕聲說道：

「你所說的四糸乃——就是那個小女孩嗎？」

「是的。」

「……！」

屏住呼吸，十香繼續說話。只是——語氣似乎夾帶著一點哀傷。

「……是嗎。果然，你很珍惜那個女孩呢——勝過……我。」

「……誰說的！」

士道抬起頭來看著十香的眼睛。

「咦……？」

「不對，事情——才不是這樣！」

「士道。這樣很危險！不要透露多餘的情報——」

琴里似乎正在說些什麼，但是士道不予理會地開口說道：

「她是——十香，她的身分與妳相同。」

「相同……？」

「沒錯。四糸乃與妳一樣——都是精靈。」

「……！那個小女孩嗎？」

十香皺著眉發出訝異的聲音。

「——不只如此。她也跟妳一樣因為擁有無法隨意控制的力量，所以一直感到很痛苦……！」

「…………」

「我——與她約定過了。我會成為英雄，我會拯救她……但是，如果單憑我的力量，連要追上她都辦不到……！」

他再一次，深深低下頭。

「拜託妳，十香。請妳……幫助我！」

「…………」

陷入……一陣沉默。

但是——並沒有持續太長一段時間。

嘶……哈啊啊啊。在聽似深呼吸的聲音響起之後……

「……哈哈！」

傳來一個小小聲的笑聲。

抬起頭，士道看見十香用手扶住額頭。

然後，十香輕啟雙唇說道：

「……啊啊，是嗎。沒錯呀。為什麼我會忘了呢——拯救我的人，就是這個男人呀。」

「十香……？」

因為雨水的關係，士道無法聽清楚十香的話。只有驚訝地提出反問。

但是，十香沒有回答，迅速地轉過身來。

「——只要追上那個小女孩就可以了吧？」

十香的凜然聲音彷彿要消弭所有雨聲般，震動著士道的鼓膜。

「……！十香！」

「其他不必多說。時間有限。」

說完後，走了幾步路。鏘！十香朝著聳立在現場的〈鏖殺公〉踢了一腳。

於是，巨大的王座往前方傾倒，而且形狀也開始產生微妙的變化。

「這……這是——」

「快點坐上來吧。你不是很急嗎？」

十香跳上變成水平方向的王座靠背部分，以催促的語氣對士道如此說道。

「好……好的……」

即使感到困惑，士道還是跟在十香後頭，坐到被倒放的〈鏖殺公〉上面。現在的〈鏖殺公〉

與其說是王座，不如說是造型奇特的小船或是衝浪板。

「——抓緊了。」

然後，就在十香簡潔地說出這句話的同時……

「…………！」

〈鏖殺公〉以驚人的加速度，開始在凍結的地面上滑行。

彷彿要致人於死地般的風壓與重力侵襲全身。士道迅速地緊緊抱住靠背的裝飾。

但是，十香卻沒有抓住任何物體，彷彿腳下裝備有強力磁鐵般，從容不迫地站立在〈鏖殺公〉的靠背上。

「如果降低速度的話，很有可能會追不上她！一鼓作氣追上去囉！」

「好——好的……！」

在一片驚人的風壓中，士道好不容易才發出聲音。

「——真是的！」

然後，配戴在右耳的耳麥傳來透露出無奈語氣的聲音。是琴里。

「幸好十香答應了——不過，這舉動太輕率了唷，士道。」

「抱歉，之後再聽妳說教……！現在請妳什麼都別說，只要盡力幫助我就好，琴里！」

聽見士道的話，琴里「唉」地嘆了一口氣，繼續說道：

「——那是當然的呀。幫助精靈是我們的使命。我會盡一切所能協助你。」

「感謝妳……！」

於是，此時〈鏖殺公〉的速度變得更快了。士道用力撐起頭頸，勉勉強強地在〈鏖殺公〉的靠背上站穩身子，然後在十香的攙扶下奔馳於冰面上。

◇

「——B分隊，先行往前！將〈隱居者〉包圍起來！」

「遵命！」

從通訊器傳來燎子以及與她對答的隊員們的聲音。

折紙與兩名AST隊員突然一起改變行進方向，從追捕〈隱居者〉的本隊隊伍中脫離。

目標地點是，前方約一公里處的十字路口。

一邊使用隨意領域消除掉平時會讓人連眼睛都睜不開的風壓，以及會讓意識逐漸朦朧的地心引力，一邊抵達目的地。

「……！」

接下來，以猶如踢空氣般的感覺踩下煞車，轉換方向。

視線內，已經可以看見〈隱居者〉與她的人偶朝著這個方向前進而來的身影。

B分隊的三名隊員在確認對方行蹤的同時往左右分散，然後在腦內下達指令，將裝備在飛行推進器側邊的兩個錨狀組件（Anchor-Unit）朝著地面發射出去。

光之繩從合計起來總共有六個的錨狀組件中延伸出來，交互纏繞後形成一大片光網。

「——雷射網已經展開完畢。確認與β機、γ機成功結合。」

「很好，我們要將她趕進去了！」

折紙說完話之後，正在追捕〈隱居者〉的燎子的叫聲透過通訊器傳進耳裡。

「……！」

此時，〈隱居者〉似乎察覺到前方有敵人埋伏。

但是——為時已晚。

前方有延展到左右兩側、編織成網狀物的魔力光束。

後方有A分隊——燎子一行人的追擊。

然後，成功張開雷射網的B分隊——折紙一行人則漂浮在上空處。

「啊——啊，啊……啊啊……——」

緊緊靠在人偶背上的〈隱居者〉瞪大眼睛，發出充滿絕望的聲音。

「全體人員——攻擊！」

但是，AST對精靈並沒有抱持任何同情與慈悲心。

下達命令的同時，ＡＳＴ全體人員拔出近戰用的高輸出率標準裝備——對精靈光劍〈No Pain〉，朝〈隱居者〉展開猛烈攻擊。

——但是……

「嗚……啊……啊……啊啊啊啊啊啊啊啊啊啊啊啊啊啊啊啊啊——！」

就在〈隱居者〉大叫出聲的同時，周圍也颳起驚人強風。

降落在四周的雨滴凝結成猶如冰雹般的物體。彷彿要覆蓋〈隱居者〉般，冰雹紛紛往內集中將她團團圍住，最後變成一個由暴風雪所構成的半圓屋頂。

「——！」

折紙不顧一切地，將手中的〈No Pain〉朝向守護〈隱居者〉的冰之暴風砍下去。

但是，折紙立刻察覺到異樣。

因為從接觸到結界的位置開始，〈No Pain〉以及張開在折紙周圍的隨意領域皆發出「劈哩啪哩」的聲音，並且開始結凍。

折紙立即消去〈No Pain〉的刀刃，然後在一瞬間解除隨意領域。

「……嗚——」

身體以及穿在身上的裝備突然恢復重量。原本看得相當清楚的遠方景色也變得模糊不清。

再者，充斥在街道上的刺骨寒氣，以及從天而降的冰冷雨滴也在此時開始侵襲折紙的身體。

簡直就像是在轉眼之間從溫室移動到隆冬季節的雪山。心臟彷彿受到驚嚇般，劇烈地跳動了一下，讓折紙因此而感到呼吸困難。

「基礎顯現裝置——再啟動。」

在近乎使人暈厥的無力感之中，折紙好不容易才說出這句話。

於是，折紙周圍再次顯現出隱形結界，身體也輕盈地向上漂浮。驅動飛行推進器，努力逃離〈隱居者〉的結界。

「嗚……！大家都平安無事嗎？」

耳邊傳來燎子的聲音。她似乎也是使用跟折紙相同的方法來逃離〈隱居者〉的結界。

但是，做出回應的人——包含折紙，只剩下五個人。

似乎又有兩名隊員連同隨意領域一起被凍結了。

「…………」

折紙看著出現在冰凍道路上的半圓暴風雪。

轟喔喔喔喔喔喔——一邊發出低沉聲響一邊在原地旋轉，大約半徑十公尺左右的半球。

挾帶精靈靈力的冰彈狂暴肆虐，充滿寒氣的堡壘。

其實，當非物質的隨意領域與光劍刀刃被冰凍的時候，AST成員們就明白那並不是普通的暴風雪了。

「嘖……真是麻煩吶。這是怎麼回事。」

「──我有解決方法。」

簡潔地說出這句話之後，折紙將剛剛掃描出來的結界情報傳給每位隊員。

「這是……」

「沒錯。其實結界所挾帶的靈力數值並不高。只是結界會對我方使用顯現裝置所輸出的魔力產生反應，所以才會暫時性地加強局部防禦。」

「也就是說……只要解除隨意領域的狀態，就不會冰凍了？」

「很有可能是這樣。」

折紙說完後，燎子看似為難地低聲呢喃。

「這個方法有點不切實際。就算可以避免被凍結的情況，但是那個結界裡會出現子彈般的冰塊所捲起的漩渦。雖然接線套裝擁有一定程度的防彈功能……但是我不認為我們有辦法平安無事地抵達結界中央。」

燎子說完後，其他隊員也出聲說話了。

「那麼──使用沒有魔力的槍來射擊，這個方法如何呢？」

「……這個方法也非常困難。即使真的可以突破結界，但是精靈還有靈裝，如果使用毫無魔力的物理攻擊，最後還是無法傷害精靈。」

現在的情況確實如同燎子所言。

只有利用顯現裝置所輸出的魔力才能粉碎精靈的靈裝。

但是，圍繞在周圍的暴風雪結界卻會對魔力產生反應。

屬性相反的兩道防護牆。問題非常棘手。

但是，折紙卻驅動飛行推進器飛往上空。

「折紙？」

「只要這麼做就可以了。」

折紙低聲呢喃，垂下眼睛、調整呼吸、集中注意力。

然後，將張開在自己周圍約三公尺的隨意領域，一口氣擴展到近十公尺的範圍。

隨意領域展開的範圍越廣闊，其密度就會變得越低，能力值也會逐漸減弱。

現在這個擴展到半徑十公尺等級的隨意領域，恐怕會無法承受精靈的攻擊。

但是——現在只要這樣就可以了。折紙往聳立在附近的住商大樓靠近，然後……

「————！」

——轟轟轟轟轟轟……

將進入遭到擴大的隨意領域範圍內的大樓頂端擰下，讓碎塊漂浮於空中。

剝下外牆的水泥、粉碎隔熱材料，然後在一片刺耳的噪音中，將鋼筋材質的骨架胡亂切碎。

一些超出隨意領域範圍，看起來像是進駐在大樓內的事務所的物品，例如電腦與文件等，正啪啦啪啦地向下墜落。

相當沉重的重量。腦內承受強烈的負荷，劇烈的頭部疼痛襲向折紙。

「喂——折紙……！妳在做什麼？」

折紙做出沒有回應，只是讓大樓的頂端繼續漂浮，最後飛到〈隱居者〉的結界上空。

然後，輕輕呼出一口氣之後，折紙開口說道：

「利用重量壓垮結界。如此一來，結界應會一瞬間瓦解。我們能利用那個時機進攻。」

「……真是的，妳還是老樣子，做事這麼亂來……！」

燎子以夾雜嘆息的語氣說完後，下達指令。

「大家都聽清楚了嗎？除了強行進攻以外，似乎沒有別的辦法了。全體人員，將攻擊力提升到最高並且在結界範圍外的最近之處待命！在結界消失的同時，全員發動進攻！」

「遵命！」

剩下的ＡＳＴ巫師們拿起各自的裝備，並且驅動顯現裝置。

折紙調整好呼吸之後，將為了抬起大樓而高舉過頭的手，一鼓作氣地向下揮去。

擁有驚人重量的鐵塊與水泥塊隨即朝著半圓形暴風雪的方向墜落。

——但是……

折紙微微皺眉。

因為剛才丟下去的大樓頂端似乎被拉出一道線，不久後，巨大水泥塊便沿著線斷裂成兩半。

「…………！」

不——不僅如此。

分割成兩半的瓦礫又在一瞬間被切割成更加細小的碎塊。

當它們接觸到地面時，已經變成一堆破片與碎片。

〈隱居者〉的結界——依舊存在。

「這是——」

然後，在開口說話的瞬間——耳邊傳來嗶～嗶～的刺耳警報聲。

「折紙！精……精靈反應增加了！這個反應——」

在聽完燎子的話之前，折紙就已經將擴大到十公尺的隨意領域縮小至比平時還要狹窄的兩公尺範圍。

脫離隨意領域的大型裝備依循地心引力掉落地面。

瞬間——折紙眼前突然出現躍動的黑色長髮。

「……！」

縮小範圍並且提高防禦力的隨意領域，承受了強烈的負荷。

其理由無須多加思索。那是因為出現在眼前的少女揮劍砍向折紙的緣故。

「哼，防守下來了嗎。」

「……夜刀神──十香。」

折紙以近似呢喃的語氣呼喚少女的名字之後，從腰間拔出光劍〈No Pain〉，朝著身上各處穿著稀疏靈裝的十香施放出斬擊。

「嗚──」

十香躲避過那一擊，最後降落在附近大樓的屋頂柵欄上頭。

「為什麼妳會在這裡？」

小心翼翼舉起光刃備戰的同時，折紙對突然現身的十香提出這個問題。

十香一邊撩起被雨淋濕的瀏海，一邊露出無所畏懼的笑容。

「──哼，抱歉，我不會讓妳妨礙士道的。」

「………」

雖然不明白為何對方會提及士道的名字，不過折紙還是重新握起了〈No Pain〉。

「嗚──為什麼〈公主〉會出現在這裡？難道是來幫助〈隱居者〉的嗎？」

燎子怒氣沖沖地說道。

沒錯。AAA等級的精靈──識別名〈公主〉。

雖然訊號微弱，但是眼前的少女依舊散發出平時觀測不到的精靈反應。

「——嗚，待會兒再解決〈隱居者〉！全體人員，目標變更為〈公主〉！」

燎子大叫出聲。——這確實是較為妥當的判斷。

的確，現在是擊倒〈隱居者〉的好時機。但是如果在專心對付〈隱居者〉的期間內遭到〈公主〉攻擊，我方應該會馬上潰不成軍。

結界的問題固然棘手，但是只要拉開距離，〈隱居者〉就不會主動發動攻擊。所以將擊倒〈隱居者〉的順序延後，可以說是理所當然的判斷。

但是——不知為何。

在看見燎子他們離開地面漂浮到空中，並且朝著這個方向飛過來的景象之後，十香似乎輕輕地點了點頭。簡直就像是——事情的發展如自己所預期的一樣。

但是，沒有多餘的時間思考。十香踢了一下大樓的柵欄，再次舉劍對折紙展開攻擊。

「嗚——」

折紙重新握起光刃，踢了一下空氣，準備迎戰。

◇

事情追溯到大約三分鐘之前。

「——那是什麼呀？士道！」

在十香的攙扶下，勉強得以坐在以超快速度奔馳於冰凍路面的〈鏖殺公〉之上的士道，因為聽見十香的聲音而抬起頭來。

「……什……！」

非常奇妙的光景。

暴風雪在地面捲起漩渦，形成漂亮的半球形——在暴風雪的周圍，則有攜帶強大火力武器的ＡＳＴ巫師們。

「這是——什麼啊……！」

「……那應該是四糸乃建構出來的結界。唔，建造得相當牢固。」

在士道說完話的瞬間，令音也簡潔地說出那個冷氣半圓體的分析結果。

那其實是會對於魔力——也就是ＡＳＴ人員使用CR-Unit所做出的攻擊產生反應並且自動還擊的冰之堡壘。

士道將從令音那邊聽來的情報，以淺顯易懂的方式解釋給十香聽。「嗯……」十香用手抵住下顎，發出困擾的呻吟聲。

然後，這一次換成琴里的聲音傳進右耳。

「情況變得相當麻煩呢。如此一來，任誰都無法靠近四糸乃。」

依照常理來推斷的話，確實是如此。

但是——士道嚥下唾液，然後說了一句「不對」。

尚有一件事情，令士道感到相當介意。

「雖然要試過才能知道……不過，或許事情並非如此。」

「你說什麼？」

此時，前方的景色突然發生變化。

折紙才剛飛上天空，居然就將附近大樓的頂端擰下來，然後運送到四糸乃的結界的上方。

「什……！」

「——嘖，打算利用那個東西讓結界四散嗎？真是不留餘地的舉動呀。」

琴里氣憤地說道。

「該……該怎麼辦——」

然後，就在士道開口說話的瞬間——

「——嗯。」

佇立在身旁的十香輕輕說道：

「要如何接近那個叫四糸乃的傢伙，士道應該已經想到方法了吧？」

「……不，那個……我不確定是否可行——」

話說到一半，士道咬緊牙齒。

「——不，有方法。我絕對……會努力讓這個方法成功。」

「是嗎。」

十香說完這句話後，揚起嘴角。

「十香……？」

「那麼，那裡就交給士道了。ＡＳＴ就交給我吧。我絕對不會讓他們妨礙士道。」

留下這段話之後，十香跑到尚在奔馳中的〈鏖殺公〉前方——握住生長在椅背前端的劍柄，然後用力一揮將劍身拔出來。

接下來，十香維持原本的姿勢踢了椅背一腳，往上空——也就是抱起大樓的折紙方向飛去。

「什——那個傢伙……！」

士道一邊緊緊抱住尚在奔馳中的〈鏖殺公〉，一邊驚訝地睜大眼睛。

但是，士道卻立即改變主意咬住口腔內的肉，接著以銳利的眼神看向前方。

現在自己該做的，並不是大聲呼喊「危險！」或是「別胡來！」這種話。

精靈十香。一位終於脫離戰鬥輪迴的少女。

這名少女為了拯救四糸乃——而且為了支持士道的決心，再次投入戰場。

所以士道現在必須採取的行動，就是好好報答那份覺悟——！

士道壓低身體，緊緊抱住〈鏖殺公〉，朝著四糸乃的結界勇往直前。

接下來，在半途中，為了做最後確認的士道向琴里提出問題：

「——琴里，有件事情想要先跟妳確認。」

「什麼？」

「因為發生許多令人在意的事情，所以……我忘了問妳一件事情。我在封印十香的那天——被折紙射殺了吧？」

沒錯。如果士道的記憶沒有出錯，那天，折紙一時失手誤擊了士道。

然後，士道身負平常人根本無法得救的重傷。

沉默了一會兒之後，琴里才做出回答。

「沒錯——你說的都是事實唷。」

「那個……到底是怎麼回事呢？那也是我因為不明原因所具備的能力嗎？」

「……一半正確，一半錯誤。應該可以這麼說吧？」

「妳的意思是？」

士道提出問題後，琴里發出有些苦惱的嘟囔聲之後，繼續說道：

「那確實是士道自身具備的能力。當身體受到致命損傷的時候，火焰將會燃燒身體，令其再生。那是連不死生物都相形見絀的超強能力——但是，那並不是不明原因的能力唷。」

士道睜大眼睛。

但是——現在已經沒有時間了。

「——我現在先不詢問那個原因。只是妳要重新回答我一個問題。我即使身負致命重傷，也能自我痊癒。我說得沒錯吧？」

「——沒錯。那是確定的。」

聽見琴里的答案，士道呼出一口氣。

「……太好了。如果那只是我的幻覺，那麼我現在的舉動就等於自尋死路。」

「……士道，難道你要……」

然後——琴里的話才說到一半，漂浮在上空的大樓被十香砍碎化為水泥碎片後，掉落四周。

附近的AST隊員們立即將攻擊目標變更為十香，然後飛到天空中。

彷彿與他們交換般，士道所乘坐的〈鏖殺公〉剛好抵達四糸乃的結界下方。

應該說——由於用力過猛的關係，〈鏖殺公〉就這樣衝進結界的前端之處。

「咿咿……！」

喀隆！強烈的晃動感襲向士道。

但是，震驚的情緒並沒有延續太久。因為從接觸到結界的部位開始，〈鏖殺公〉啪哩啪哩地發出猶如悲鳴聲般的尖銳聲響，漸漸凍結。

一定是因為結界對〈鏖殺公〉的靈力產生反應了吧。

「糟糕了……！」

士道慌慌張張地離開〈鏖殺公〉，佇立在旋轉成半圓形的暴風雪集合體之前。

狂風呼嘯的冰暴風結界。近距離看到這副景象時所感受到的震撼感，是之前所無比擬的。

「四糸乃──就在這裡面。」

喃喃自語之後，士道將口袋裡的手偶放進衣服裡。

彷彿要覆蓋手偶般彎下身子──士道往前邁進一步。

「士道，等一下。你想做什麼？」

右耳聽見制止的話語。但是，士道沒有停下腳步。

「──你打算毫無防備地進入結界嗎？只仰賴自己的回復力？太魯莽了，快停下來！」

士道聽見這段不符合司令官模式的嚴肅發話之後，露出苦笑。

「喂、喂……聽說我被射殺時，妳完全都沒有產生動搖喔。」

「那時的情況與現在不一樣。颳起暴風雪的領域大約從結界中心一直延續到外圍約五公尺之處。五公尺耶！在這段距離之內，你必須一邊承受如同被散彈掃射般的傷害，一邊行進唷！而且如果在那段範圍內被偵測到一絲靈力的話，就會和十香的〈鏖殺公〉一樣被冰凍起來。」

琴里滔滔不絕地繼續說道：

「你能明白我所說的話嗎？我的意思是當你待在結界外圍的期間，傷勢是無法自動痊癒的。與只有發射一次的子彈完全不同！如果在半途中用盡力氣，你一定會死掉的！」

「……靈力——嗎。我的回復能力就是精靈的力量嗎？」

「……！」

耳邊傳來琴里屏住呼吸的聲音。

但是，士道不能停下腳步。

的確，這很有可能是個不智之舉。但是，不能停下腳步。

因為，士道已經許下承諾了。

自己會拯救四糸乃，以及——成為四糸乃的英雄。

做出一個深呼吸之後，士道開始踏進結界內部。

「士道——！士道！快停下來！」

琴里一反常態地大聲吼叫。

「——快停下來……哥哥——」

不過，這是士道所能聽見的最後一句話。後來，士道的耳朵就只能聽見威力強大的暴風雪的聲音。

◇

「嗚……噎……噎……！」

結界的中心部位，四糸乃獨自一人蹲坐在〈冰結傀儡〉的背上哭泣。

這裡是個相當安靜的空間，幾乎讓人無法相信外圍正颳著威力猛烈的冰彈。唯一能聽見的，只有四糸乃的大聲嗚咽聲與吸鼻涕聲迴盪在此處。

害怕到不敢走出去。但是，這個地方——卻又讓人感到非常寂寞。

「四……糸……奈……嗚……」

以充滿淚水的泣音呼喚朋友的名字。

四糸乃非常清楚不會有任何人回應自己。但是，如果不呼喚的話——

「我‧在‧這。」

「…………！」

四糸乃肩膀顫抖了一下，迅速地抬起頭來環顧四周。

「——！」

然後，四糸乃擦掉眼淚，睜大眼睛。

因為結界中心部位與外圍的交界處，出現一隻熟悉的手偶。

「四糸奈……！」

四糸乃大叫出聲，從〈冰結傀儡〉的背部跳下來，然後往手偶的方向跑過去。

四糸乃絕對不可能會看錯。

毫無疑問地，那就是幾天前消失不見的四糸乃的朋友——「四糸奈」。

但是——

「……咿……！」

啪搭！

有個人從「四糸奈」的後方出現並且倒臥在地上，四糸乃因此下意識地停下腳步。

不——正確來說，那個倒臥在地上的人，似乎將「四糸奈」穿戴在手上。

無法看清容貌。

因為那個人趴在地上，全身上下沾滿鮮血、傷痕累累。

「嗚……」

一定是因為對方強行通過四糸乃結界的緣故。從那名男人倒下的地方，流出了大量鮮血。

連四糸乃也能看出對方的傷勢嚴重。與其說對方是個「人」，不如用「屍體」來形容似乎更為恰當。

但是，隔沒多久，四糸乃便重新改變想法了。

因為——那個半死人的身體突然散發出淡淡光輝，彷彿正在舔噬身體上的多處傷口般，火焰慢慢地爬行在身體表面。

四糸乃呆愣在原地，直到所有傷口從那個人的身上完全消失。

然後——終於可以看清對方的容貌。

「……！士道……！」

四糸乃的聲音充滿驚訝。

沒錯。那名傷痕累累的人類就是五河士道。

士道在原地翻過身來，改變成仰躺的姿勢。然後「呼……」深深呼出一口氣。

「我……我還以為會死掉……」

士道勉勉強強抵達結界內部，挺起胸膛大口大口地呼吸，直到停止跳動的心臟再次恢復正常後才迅速起身。

外部雖然布滿如同機關槍掃射般的險惡暴風雪，中央部位卻相當安靜。相當奇妙的空間。讓士道不禁聯想到鎌倉的內側。

然後，在這之中，可以看見巨大的人偶以及一名眼睛像兔子般紅通通的女孩子。

「——四糸乃！」

士道呼喚這個名字，舉起手中的兔子手偶，同時站起身來。

「我按照約定，來這裡——拯救妳了……！」

於是，四糸乃張大了眼睛，然後……

「嗚……噎……噎噎噎噎……」

眼睛積滿淚水，奪眶而出。

「嗚哇……等——別……別哭呀！我……我做錯什麼了嗎……？」

士道一慌慌張張地揮動雙手，四糸乃便搖了搖頭：

「不……不是的。你過來……我感到……很高興……」

說完後，「嗚噎噎噎噎……」四糸乃再次嚎啕大哭。

看見她的反應，士道露出苦笑，同時用右手溫柔地撫摸四糸乃的頭。

接下來，士道試著讓穿戴在左手上的手偶動起來。

「呀呵～好久不見了。妳好嗎？」

士道緊閉著嘴巴，依樣畫葫蘆地以腹語數說話。

雖然技巧相當拙劣，但是四糸乃卻高興地不斷點頭。

仔細想想，這或許可以說是一幕相當奇怪的景象。

因為，「四糸奈」應該只是個依靠四糸乃的腹語術來行動的手偶。

但是——

士道回想起先前令音對自己說過的話。

「……根據調查結果，我們發現還有一個非常微弱的反應隱藏在受到監控的精神圖表中。」

「那個……也就是說——」

「……簡單來說，就是只有戴上手偶的時候，四糸乃的身體內會同時存在著另一個人格。」

「那……那麼……四糸乃本人知道這件事情嗎？」

「……誰知道呢。只是唯一可以確定的是，在百貨公司與你對話的人並不是四糸乃，而是藉由手偶現身的另一個人格。那個時候，四糸乃將全部的應對都交由四糸奈負責，本人因此處於近似於刻意關閉心靈的狀態之中。難怪即使與她親吻也無法封印能力。」

「……！」

「……還有，關於四糸奈的形成原因，我發現到一件很有趣的事情。」

「有趣的事？」

「……沒錯。會孕育出自身以外人格的理由雖然有好幾種——但是最常見的原因就是為了逃避被人虐待時所產生的強烈痛苦與壓力。也就是說，為了說服自己相信正在遭遇不幸的人並不是自己而是另一個人，因此創造出了另一個人格。」

「妳的意思是……四糸乃覺得被ＡＳＴ追殺是件痛苦的事情——？」

「……不是的。雖然令人感到難以置信，但是這名少女可能不是為了自己，而是為了不傷害別人，所以才創造出一個可以幫助自己壓抑力量的人格。」

「——！」

「……小士，請你一定要拯救這名少女。我相信……一定有方法能拯救如此溫柔的少女。」

——腦海中回想起這段對話。

「…………」

「非常……謝……謝謝……你。」

然後，四糸乃突然低下頭來。

「咦？」

「……謝謝你……救了……四糸奈……」

「啊啊。」士道在瞬間搔了搔臉，然後點了點頭。

「下一個就輪到——四糸乃了。我要幫助妳。」

「咦……？」

四糸乃一臉不可思議地如此回應。為了與四糸乃對上視線，士道當場跪下。

耳麥沒有發出任何聲響。應該是在通過結界的時候故障了吧？

無法得知四糸乃精神狀態的事情固然令人擔憂，但是也別無他法了。

無論如何，只能這麼做了。

與失去手偶的四糸乃的互動，以及此時的對話。

這兩個因素讓士道相信自己應該已經在這段時間內，贏得四糸乃的基本信任了。

「──呃，那個，四糸乃。為了幫助妳──那個，我們必須完成一件事情。」

「什麼……事情？」

嚥下口水，溼潤因為緊張而乾涸的喉嚨之後，士道繼續說道：

「……那個，請妳不要誤認為我是個變態……妳還記得『接吻』嗎？」

四糸乃在瞬間露出目瞪口呆的表情，隨即點點頭。

「……是……是嗎。呃──那個……為了幫助妳，我們必須做那件事情才行……不，我真的沒有別的意思唷！這是因為──」

「──咦？」

此時，士道不再說話。

理由相當單純。因為四糸乃忽然垂下雙眼——

然後啾一聲，主動吻上士道的嘴唇。

一瞬間，士道感覺到有種溫暖的東西流入體內。

「…………！四……四糸乃……？」

「……？」

四糸乃微微歪頭。

「我……做錯了嗎……？」

「沒……沒有……妳沒有做錯……但是……」

聽見士道的話，四糸乃點點頭。

「我會相信……士道所說的一切事情。」

然後，就在這一瞬間——佇立在四糸乃後方的〈冰結傀儡〉以及原本穿在身上的內裡衣物皆化為光粒，消失在空氣中。

接下來……圍繞在士道與四糸乃周圍的暴風雪結界也突然失去威力，消失得無影無蹤。

彷彿受到驚嚇般，四糸乃的肩膀猛然顫抖。

「……士……士道……這是——」

四糸乃表現出不知所措的樣子，眼睛不停打轉兒。最後她彎下腰來，遮掩半裸的身體。

看見四糸乃的反應之後，士道也開始覺得難為情了。

「啊…啊啊，嗯，那個……我有很多話想要告訴妳！但……但是，總而言之現在先——」

然後，就在此時……

「嗯……」

感受到刺眼光芒的四糸乃瞇起眼睛。從雲縫之間——可以看見傾瀉而下的太陽光芒。

「好～溫暖……」

簡直就像是第一次看見陽光般，四糸乃發出小小聲的驚嘆聲。

不，或許四糸乃真的是第一次看見陽光。

士道想起來了。或許是因為四糸乃具有操控水與寒氣的特質，所以當她出現在這個世界的時候，天空總是下著雨。

「好……漂亮……」

四糸乃呆愣在原地，彷彿喃喃自語般地……

仰望著天空如此說道。

受到她的影響，士道也抬頭往上看。

然後，讓四糸乃看到入迷的景色立即映入眼簾。

將灰色雨雲一掃而空的天空中——出現一道美麗的彩虹。

——但是，這份感動的餘韻並沒有持續太久。突然間，士道與四糸乃的身體被一股不可思議的漂浮感所包圍。

「嗚哇……！」

「……！」

士道記得這種感覺。這是〈佛拉克西納斯〉的轉送裝置。

一定是因為琴里已經確認封印完成，所以才會啟動裝置將兩人接回船上吧。

「……！」

瞬間之後，士道眼前的景物已經從被寒冰覆蓋的街道轉變成熟悉的〈佛拉克西納斯〉艦內。

「……！……？」

四糸乃驚訝地瞪大眼睛。

然後——因為感受到現場還有另一個人的氣息，士道迅速地轉過頭。

「哦哦……你沒事吧？士道！」

十香穿著若干部位被燒毀的來禪高中制服，佇立在眼前。看來，在接回士道與四糸乃的同時，琴里似乎也將戰鬥中的十香接回船上了。

「十香——！妳……妳沒事吧？」

就在士道說完話的那一瞬間，十香呼出一口氣——於是，一直握在手中的那把劍，以及出現在身體重要部位的光膜就這樣消失在空氣中。

「嗯，這只是小傷……話說回來，你的模樣看起來甚至比我還悽慘嘛。」

「啊……」

聽見十香提出這個問題點之後，士道搔了搔後腦杓。

士道現在穿在身上的這套衣服已經被自己的鮮血染紅，而且還破了許多個洞。

「咿……！」

然後，四糸乃發出恐懼的聲音，躲到士道身後。

看來，她似乎非常害怕十香。士道下意識地露出苦笑。

「沒問題的，四糸乃。她的名字叫作十香。她跟我一樣——都是幫助妳的人唷。」

聽見士道這麼說，四糸乃才戰戰兢兢地看向十香的臉。

「十……香……」

「……唔。」

不知為何，十香露出有點複雜的表情看了四糸乃一眼，然後才「嗯」了一聲，朝她輕輕點頭。

「嗯……？」

然後，士道的眉毛抽動了一下。

不知為何，啪搭啪搭！從走廊的另一頭傳來吵雜的腳步聲。

沒多久，傳送間的大門開啟，呼吸紊亂的琴里進入室內。

「琴……琴里……？」

看見琴里突然闖進來，士道感到相當訝異。然後，琴里用近乎瞪視的眼神凝視士道全身。

接著……

「你這個──笨蛋哥哥……！」

「嗚啊……！」

琴里用力將手高舉過頭，然後對準士道的胸口狠狠地揍了一拳。

而且，這一拳還注入了巧妙的旋轉力道。足以堪稱為完美的螺旋攻擊。

「咕哇……！妳……妳在做什麼呀！」

「居然做出這種蠢事……！你只需要乖乖聽我的話就好了嘛！」

「妳說什麼──」

原本打算說出譴責話語的士道──突然閉緊了嘴巴。

理由非常單純。因為剛剛揍了自己一拳的妹妹大人，突然將自己的臉靠在士道的胸膛裡，用雙手環住士道的身體之後，緊緊地擁抱士道。

「……我已經……仔細地計算過你身體的回復極限……！所以只要依照我的建議來行動，你就一定會平安無事……！」

「琴……里……」

士道嘆了一口氣，輕輕撫摸琴里的頭。

「抱歉，是我太亂來了。」

「……你做事真的太不經思考了。連阿米巴原蟲都比你更深謀遠慮。你這個半細胞生物！」

維持臉部緊靠在士道胸膛的姿勢，唧！擤完鼻涕之後，琴里才終於從士道身上離開。

襯衫胸口部位沾滿鼻涕，士道一邊搔臉頰一邊露出苦笑。

但是，琴里卻表現出毫不在乎的樣子。應該說——當琴里的臉離開士道胸膛的那一瞬間，就已經恢復成平時的冷靜司令官大人了。

「——真是，居然擅自行動……你們每個人都必須接受從頭到腳的詳細身體檢查。過來這兒。」

說完後，琴里便別過臉然後走到走廊上。

「哈哈……」

士道露出一個無力的笑容之後，轉過頭面對十香與四糸乃。

「好……那麼，我們走吧……呃……嗯……？」

不知為何，十香露出憂鬱的表情凝視著士道。

「十香……？妳怎麼了？」

「我……我沒事！快點走吧！」

說完後，十香慢慢地走出房間。

「那傢伙……到底怎麼了……」

士道說完這句話之後，便邁開步伐與四糸乃一起走在十香的背後。

終章　開始轉動的過去

「這……這是什麼呀啊啊啊！」

封印四糸乃力量之後的第二天。

完成身體檢查的士道與十香終於返回家裡……但是，當天早上起床後，士道卻發現有一座看似公寓的建築物聳立在五河家的隔壁。

兩天前還是一片空地的空間，如今突然冒出一棟建築物。

簡直就像是狐狸或狸貓所施展出來的魔法般。

「你問這是什麼……我沒跟你說過嗎？我們會建造一棟精靈專用的特設住宅。」

然後，突然出現在背後的琴里一邊揉著惺忪的睡眼，一邊如此說道。

「……！琴里，妳說的就是這個嗎……？」

「沒錯。外表看起來雖然只是普通的公寓，但是物理性強度是一般建築物的數百倍，還有顯現裝置運作其中，靈力耐性也相當穩固。所以即使內部出現一些騷動，從外界也感受不到任何異常唷。」

「不，我不是在問這個……！我要問的是到底是什麼時候建造好的……！這樣的規模，應該不可能只花個一兩天就能建好吧！」

「討厭吶。陸上自衛隊的災害重建部隊也能在一個晚上之內修好遭受破壞的大樓呀。」

「什……！」

事實的確如此。這一定也是使用顯現裝置所產生出來的結果吧。

「……也就是說，之前妳說過要讓十香住在家裡直到住處建好的說法，只是一種詭辯囉！」

「居然說得那麼難聽。我說過這也是讓十香習慣外界生活的試用期吧。」

「……唔！」

雖然心中有諸多不滿，不過即使提出反駁應該也沒有用吧。

琴里轉過身，往家裡的方向走去

「——因此，從明天開始十香就會搬到隔壁住了唷。我已經跟十香說過了。現在她應該在整理行李了吧。」

「啊，啊啊……是……是嗎。說得也是吶……」

士道搔了搔臉頰。

哎呀，雖然原本就預計只有在住處蓋好之前的這段時間會住在這裡，而且士道的精神也終於恢復穩定……但是，等到這一天真正來臨時，果然還是會覺得有點寂寞。

「哎呀，士道。難道你想繼續跟十香住在一起嗎？」

「不，我……我才沒有這麼想……」

士道連忙否認。但是，琴里只有以微微聳肩的舉動回應士道。

「哎，如果你想犯罪的話，這幾天將是你最後的機會唷。」

「妳……妳在說什麼呀……！」

「哇～好恐怖呀！快跑、快跑～」

被漲紅臉的士道大聲怒斥之後，琴里蹦蹦跳跳地走進家中。

「……琴里那個傢伙真是的。」

士道無奈地搔了搔頭，嘆了一口氣，然後往家裡的方向走過去。

然後──

「嗯……？」

士道下意識地挑起眉毛。

因為一名身穿可愛洋裝、頭上戴著幾乎要遮住整張臉的報童帽少女，正蹦蹦跳跳地往這邊走過來。

「四糸乃！」

士道呼喚少女的名字。雖然身上的衣服並非靈裝──但是，絕對不可能會認錯人。因為少女的左手上配戴著兔子手偶。

「呀喝～士道！」

手偶的嘴巴一張一合地發出尖銳的聲音。

「呀～終於見到你了。你拯救了我，但是當時卻無法向你致謝，真是對不起呀～」

「啊，不……沒關係。不過，妳為什麼會出現在這裡？妳已經完成身體檢查了嗎？」

「嗯～雖然只是完成第一階段的檢查而已唷。似乎還得接受其他項檢查才可以，不過我很想跟士道道謝呀。所以才會破例讓我暫時外出唷。」

說完後，彷彿在看〈佛拉克西納斯〉似地，手偶抬起頭來仰望天空。

「哎呀，因為這樣，等到全部的身體檢查都結束之後，我們再來約會吧～」

「啊，好……說得也是吶。」

「呵呵，那就這樣，再見啦～」

手偶揮舞著小小的手。

此時，四糸乃的肩膀忽然搖晃了一下，然後，戰戰兢兢地將臉轉往士道的方向。

「嗯……？怎麼了？」

「──那……個……」

士道聽見這個聲音後，挑起眉毛。

因為那並不是「四糸奈」的聲音，毫無疑問地，那確實是四糸乃本人的真實聲音。

「我可以……再次……到……你家裡……玩嗎……？」

說完後，四糸乃提心吊膽地看著士道。

「哦……哦！妳隨時都可以來唷！」

聽見士道的回答，四糸乃露出開朗的表情，然後低下頭來，啪搭啪搭地跑走了。

「呵呵，好厲害、好厲害。妳非常努力地做到了呢～」

「……嗯！」

在轉身跑走的同時，傳來四糸乃與手偶對話的聲音。

「……哈哈。」

士道輕輕嘆了一口氣，嘴角浮現一抹微笑。

這麼說來，今天可能是「四糸乃」第一次在手中拿著手偶的狀態下開口說話。

不知為何……士道感到有點高興。

「接下來……」

稍微伸了一個懶腰，士道走進家裡。

然後，當士道爬上樓梯準備進入房間的時候，突然輕輕地叫出聲。

因為位於走廊最裡面的客房房門正微妙地開啟著。而且，露出半張臉的十香正從門縫間凝視著士道。

「……怎……怎麼了？」

「…………」

士道皺著眉如此說道。然後，十香沉默不語地從門縫間伸出手，並且對著士道不斷招手。

「妳……妳在叫我過去嗎？」

「…………」

十香點點頭。然後就這樣轉身回到自己的房間裡。

「那個……」

士道露出困惑的表情，過了一會兒之後，才慢慢地往那個方向走過去。

接下來，「咚咚！」士道輕輕敲門示意，然後打開房門。

十香佇立在房間的左側——也就是擺放在牆壁邊的架子前方附近。在與十香面對面的狀態下，士道走到房間中間。

「有什麼事嗎，十香？」

聽見士道的疑問，十香輕輕咬住嘴唇，然後抬起頭來。

「……嗯。琴里應該已經告訴你了，我從明天開始就要搬到隔壁了。」

「啊，對……據說是這樣。」

「所以……嗯，我想要趁現在跟士道說一些話。」

「什麼話？」

「……嗯。」

似乎有什麼難言之隱，十香微妙地挪開視線。

「昨天接受檢查的時候，琴里與令音告訴了我許多事情。」

「──！那……那個……妳所謂的『許多事情』指的是……」

「嗯……琴里他們想要幫助精靈……以及士道協助他們的事情。」

為了讓心跳恢復平靜，十香做了一個深呼吸後，轉過身來面對士道。

「我想跟你說的話，就是跟這有所關聯的事情──士道，拜託你。從今以後，如果還有像我或四糸乃這樣的精靈出現，請你一定要拯救她們。」

「咦……」

士道睜大眼睛。

「根據琴里的說法，現在已經確定了幾名精靈的身分。在那些人之中，應該還有人跟我們一樣，是非自願性地被牽扯進戰爭中。如果事情真是如此，那麼她們就太可憐了。」

十香露出看起來有點寂寞的笑容，繼續說道：

「所以，我想拜託你發揮力量拯救這些精靈們……就像那時，士道拯救我的情形一樣。」

「…………！」

士道嚥下一口口水，重新看向十香的臉。

「……那個，該怎麼說。嗯……」

「啪！」士道輕輕拍了拍自己的額頭。

經歷過十香與四糸乃的事件，自己應該已經下定決心了才對。為什麼在別人要求自己的承諾時，卻又閃爍其詞呢？士道輕輕搖頭，然後開口說道：

「——好啊。我正有此打算。」

「…………」

照理來說，十香應該已經得到稱心如意的答案才對。但是不知為何，十香卻以看似複雜的表情微笑說道：

「嗯……非常感謝你。然後……我還有一個要求，你可以答應我嗎？」

「哦，是什麼？妳先說說看吧。」

「嗯……」

然後，十香在嘴裡嘟囔幾句話，同時迅速地低下頭來。

「呃？妳說什麼？」

十香彷彿說了些什麼話——但是聽不清楚。

為了能聽清楚對方所說的話，士道邁開步伐往十香的方向靠近一步——

「……！」

忽然抬起頭來的十香將身體靠在自己身上，士道因此屏住呼吸。

十香的雙手繞過士道的脖子，然後直接將士道壓倒在附近的床鋪上。

接下來——

「嗯咕……！」

一瞬間，十香露出有點遲疑的表情，緊接著慢慢地將自己的嘴唇貼上士道的嘴唇。

面對這個突如其來的狀況，腦袋陷入一片混亂的士道不禁發出哀鳴聲。

在這一瞬間，士道的腦海裡閃過「難道我還在作夢嗎？如果是在作夢，這個夢境又代表著什麼意思呢？佛洛伊德老師！」等逃避現實的想法。

但是，無須藉由捏臉頰來確認是否能感受到痛覺，因為配備在士道全身的各種感覺器官早就已經接連不斷地提醒著主人：「這是現實！」

縈繞在鼻腔內，女孩子獨特的甜甜香味。近在眼前的十香的容貌。壓在全身上下，恰到好處的重量。讓人不自覺地想要緊緊擁抱在懷裡的柔軟肢體。

還有——傳遞到嘴唇上，那股難以形容的觸感，以及他人的唾液味道。

這些因素交織在一起，同時蹂躪著士道的腦細胞。

沒有抵抗也沒有順從，就這樣經過了數十秒之後……

此時──十香終於分開彼此的嘴唇，抬起頭來。

「呼哈……！」

看來，十香在接吻的過程中，似乎暫時停止了呼吸。彷彿在換氣般，十香呼出一口氣。

接下來，維持著壓制姿勢的十香筆直地凝視著士道。

「十……十香……妳在做什麼……」

士道說完話以後，十香依舊凝視著士道並且開口說道：

「……這一次就這樣扯平了。」

「咦……？」

士道發出疑惑的聲音。然後，十香害羞地挪開視線。

「……到底是為什麼呢？明明只是一種嘴唇碰觸到嘴唇的行為而已……卻讓我覺得很舒服。更加不可思議的是──我根本不想跟士道以外的人做這種事……我不知道……原因是否相同……不過，當我看見士道在那棟大樓裡與四糸乃接吻時，該怎麼說呢……我覺得相當不高興。」

士道無法做出回應，於是十香害羞地繼續說道：

「……所以。就是，那個……除了我以外，不准跟其他人做這種事。」

「……那……那個──」

看來，關於封印精靈的方法，十香似乎還不知情。真是個自相矛盾的無理要求呀。

「快點回答！」

「是……是的！」

但是，被十香氣勢所震懾的士道還是答應了。

◇

陸上自衛隊，天宮駐防基地的某個角落，包含非戰鬥員的ＡＳＴ成員們正並列坐在會議室裡。

這些人都是燎子招集而來的成員，目的是召開有關前幾天作戰的報告會議，以及討論在鄰近地區已經觀測到新的精靈反應，ＡＳＴ應該如何應戰的作戰會議。

「…………」

在這些人之中，身穿自衛隊常裝制服的折紙不發一語，彷彿要壓抑心中的不悅般，凝視著放置在桌上的雙手。

──兩天前。

因為〈公主〉出面攪局，結果最後還是讓〈隱居者〉逃跑了。

再者，就連那位〈公主〉也在戰鬥中忽然消失蹤影。

而且——遺留下與精靈平時的「消失（Lost）」有所不同的反應。

連同隨意領域一起被〈隱居者〉冰凍起來的隊員們皆平安無事……於是，最後ＡＳＴ只能在沒有打敗精靈也沒有完成任何重要成果的情況下返回基地。折紙會感到不悅也是理所當然的。

還有，折紙到最後還是不明白為什麼理應待在折紙家裡的士道，會出現在警報響起的街道上——順帶一提，不知道什麼緣故，前幾天拾獲的兔子手偶突然從家裡消失不見……內心難免會有些在意。

當然，折紙並不是在懷疑士道。

應該說，就算士道真的竊取折紙的私人物品，其實折紙也不會感到介意，自然也就不會把這件事情視為嚴重的問題。

然後——就在此時，房門被打開了。具有ＡＳＴ隊長身分的燎子出現在門後。

待在會議室裡的所有隊員們一同起身敬禮。

「啊～不用了。坐下吧、坐下吧。」

燎子以厭煩的語氣說完後，站到大家面前。

「好了，大家都到齊了吧——那麼，雖然我也想要儘快進行會議……不過，在那之前，我有個值得高興卻又讓人感到厭惡的消息要跟大家說。」

「……？」

所有隊員們都露出困惑的表情。然後，燎子嘆了一口氣。

「……因為天宮經常發生精靈現界的情形，但是我們至今卻沒能完成一個像樣的成果。因此，上級特別安排了一位新成員來支援我們。」

「新成員……？」

「沒錯，對方可是身手俐落的頂尖王牌唷。她使用顯現裝置的技巧，可以算得上是世界前五強——事實上，她有獨自一人殺死精靈的經驗。」

「……！」

燎子的話，在成員之間引起一陣騷動。

這也難怪。對方居然能獨自一人打倒即使派出十名ＡＳＴ的精英成員也解決不了的精靈。

彷彿料想到大家會有此反應，燎子聳了聳肩，然後轉頭瞄了剛剛走進來的那扇門一眼。

「——進來吧。」

「是！」

門外傳來為了回應燎子而出聲，聽起來相當可愛的聲音。

然後，門再次被開啟——一名少女走進室內。

「……！」

這一瞬間，在會議室裡排成一排的AST隊員們不約而同地皺起眉頭。

不過，這也是理所當然的。因為走進來的那個人無論怎麼看，都像是一名國中女生。

頭髮往後腦杓梳整成一束馬尾，容貌看起來相當聰明伶俐。除此之外，女孩的最大特徵便是位於左眼下方的哭痣。

「…………」

折紙的眉毛抽動了一下──那名少女的長相……看起來相當眼熟。

「──我是崇宮真那少尉。以後請大家多多指教。」

真那向大家行了個禮，看起來像是角色扮演的自衛隊常裝隨風飄揚。

「日下部上尉……她是？」

其中一名隊員向燎子提出疑問。

燎子露出「我就知道會有人提出這問題……」的表情，然後開口說道：

「我剛剛說過了吧。她就是我剛剛提到的頂尖王牌大人喔。」

「什麼……！」

所有隊員們皆皺起眉頭。

似乎是對於大家的反應感到疑惑，真那歪了歪頭。

「請問大家怎麼啦？」

真那使用奇妙的敬語如此說道。

「妳……妳還問怎麼了……妳……妳只是個小孩——」

其中一名隊員如此說道。然後，真那嘆了一口氣。

「請問這有什麼屁問題嗎？年齡與個人資歷是沒有任何關聯的——還是說，你們當中有人可以勝過我咧？」

沒有挖苦他人的意思，只是單純地以陳述事實的語氣如此說道。

「……什！」

完全沒料想到對方會這樣回覆，隊員不禁瞪大眼睛。

「說得也是呢。在這些人之中——」

然後，真那往折紙的方向看過去。

「——有可能贏過我的人應該只有妳吧。雖然只有百分之幾的可能性而已。」

「…………」

折紙沒有做出回應，只是沉默不語地迎上她的視線。

然後，「碰！」燎子輕輕地打了真那的頭一下。

「不要說那些沒有意義的話。現在開始播放前天的影像，去找一個空位坐下來。」

「是！」

真那簡潔地回應，然後踩著優美的步伐走到折紙旁邊坐下來。

「接下來……」

燎子按下牆角的按鈕之後，螢幕從天花板降下來，房間的照明也被關閉。接下來，燎子操控手邊的終端機，螢幕上立刻開始播放兩天前的戰鬥畫面。

當畫面播放到折紙準備打破〈隱居者〉所建造出來的結界時——

「——就在這個時候，妨礙者突然闖進來了呢！」

燎子厭惡地如此說道。同時，畫面播放出〈公主〉的身影。

燎子將畫面放大。然後——在結界前方發現到一名少年的身影。

折紙稍稍屏住呼吸。沒有錯。那個人就是——士道。

然後……

「…………！」

坐在身旁的真那突然抱住頭，並且發出細微呻吟聲。

為了抑止頭痛的感覺，真那將手按住頭部側邊。但是，過了一會兒——真那迅速地抬起頭，然後發出「喀咚」的聲響，從原地站起身來。

「嗯……？什麼，妳怎麼了？」

燎子驚訝地如此說道。

但是，真那沒有回答她的問題，只是一直凝視著畫面中的士道，然後輕啟雙唇說道：

「——哥哥……？」

「……？」

折紙皺起眉頭，看向真那的側臉。

然後——折紙終於明白剛剛所感受到的那股不協調感為何了。

這名少女給人的感覺，與五河士道非常相像。

後記

各位讀者好久不見，我是橘公司。

「我直接跳過第一集，只有買第二集唷！」如果您是這種特殊情況的讀者——您好，初次見面，我是橘公司。

至於同時買下第一集、第二集，並且在剛剛才讀完第一集後記的讀者們——您好，我是臉上掛著無畏笑容，一邊飲酒一邊對您說聲：「哎呀，又見面啦？」的橘公司。

您是否還滿意《約會大作戰DATE A LIVE 2　手偶女四糸乃》的內容呢？如果您能喜歡的話，我將會感到萬分榮幸。

本篇故事的主角是第二精靈——四糸乃。

替本作的登場角色取名字時，經常讓我傷透腦筋。相較之下，四糸乃這個名字算是很快就定案了。相反的，替士道與令音等角色取名字的過程可以說是一波三折。就連十香的名字在接近完稿之前，也一直是用「○○○」的符號來代替。簡直就像是見不得人的女主角似的。

但是，當我向責任編輯說明這位四糸乃的相關設定時，「原來如此，就像森林系女孩一樣的感覺呀。」聽見編輯的話，我的腦海中馬上浮現一個大問號。

「森林系女孩」。

……嗯嗯？總覺得四糸乃的形象似乎因此而改變了。那個字詞應該是代表不屈不饒的亞馬遜女戰士之類的意思吧？「四糸乃」這個名字雖然是和風發音，但是在當地的語言中則是稱作「四糸奴·雷雷布爾·寶嘉康蒂」吧。敵方部落視她為「瘋狂暴風」並且對她感到畏懼。她應該會是森林中最驍勇善戰的人吧？喜歡的食物是熊肉。

於是，就在誤會越變越深的時候，我才知道原來「森林系女孩」的意思是「給人的感覺就像是一位生活在森林中，如同妖精般的女孩」。

咦咦？即使退一百步來思考，那個字詞的意思也應該是身穿迷彩服、潛藏在樹叢中的狙擊手才對吧？

然後，在此有一件事情要向大家報告。

根據目前的預定行程，下一本出版的新書應該會是《約會大作戰DATE A LIVE 3》。

《蒼穹のカルマ8》則是安排在《約會大作戰DATE A LIVE 3》之後出版。希望從《カルマ》開始就有閱讀我作品的讀者們能耐心等待。

至於此時在心中大喊「我沒有看過《カルマ》唷！」的讀者們，希望各位能把握這次機會盡情欣賞！

還有，《約會大作戰DATE A LIVE》的漫畫化似乎已經確定了。喔耶！相關的詳細情報還請各位讀者靜候公布。

接下來，這次也要感謝許多協助我完成本作的工作人員們。

理所當然的，首先要感謝的就是插畫家つなこ老師，還有責任編輯與美術設計師，感謝你們每一次都完美地做好自己的工作。真的是非常謝謝你們的照顧。

下一回，個性與十香、四糸乃迥然不同的邪惡精靈即將在《約會大作戰DATE A LIVE 3》登場。如果各位讀者能因此感到有所期待，那將是我莫大的光榮。

最後，期待能與您再次相會。

橘　公司

Kadokawa Light Novels

電波女&青春男 1~8（完）

Kadokawa Fantastic Novels

作者：入間人間　插畫：ブリキ

最能展現「眞正青春之魂」的
另類青春小說！

有個迷你尺寸、身上捲了團棉被的傢伙在我與艾莉歐的面前現身了。跟小小棉被捲怪相遇後，她讓我明白被我當成青春點數下降主因的艾莉歐，原來我是多麼地倚賴她呀。在本回的故事中，我將向宇宙人們呼喚完結。我的青春點數究竟會怎麼樣呢？

台湾角川

各 **NT$180~240/HK$50~68**

Kadokawa Light Novels

美少女死神 還我H之魂！ 1~3 待續

Kadokawa Fantastic Novels

作者：橘ぱん　插畫：桂井よしあき

神秘死神推動「從乳房開始的世界革命」！
壓抑系情色喜劇第三集，變幻登場！

　　高中生良介以「色慾之魂」為代價和美少女死神・莉薩菈過著同居生活。由於某些緣故，他從色情變態男轉職成了超級美少女！就在良介的妄想無限延伸之際，居然出現了一位身分不明的死神，而且他還要推動一場「從乳房開始的世界革命」！

各NT$180/HK$50

台湾角川

Kadokawa Light Novels

R-15 1~5 待續

Kadokawa Fantastic Novels

作者：伏見ひろゆき　插畫：藤真拓哉

天才情色作家芥川丈途V.S.
失蹤學員的生存捉迷藏！

「請將你的才能活用在新聞同好會中吧！」自稱「社長」的少女突然現身於走廊上，因擁有最大巨乳的神祕社長登場而加入新聞同好會的丈途，以學園偶像的取材活動、失蹤學員的生存捉迷藏為契機，逐漸被捲入逼近學園祕密的巨大陰謀中——！

台湾角川

各 **NT$190~200/HK$50~55**

國家圖書館出版品預行編目資料

約會大作戰. 2, 手偶女四系乃 / 橘公司作 ; 竹子譯
. -- 初版. -- 臺北市 : 臺灣國際角川, 2012.07
冊 ;　公分. -- (Kadokawa fantastic novels)
譯自 : デート・ア・ライブ : 四糸乃パペット
ISBN 978-986-287-818-7(平裝)

861.57　　　　　　101011271

Kadokawa
Fantastic
Novels

約會大作戰DATE A LIVE 2
手偶女四糸乃

（原著名：デート・ア・ライブ2　四糸乃パペット）

2012年7月27日 初版第1刷發行
2024年3月22日 初版第19刷發行

作者：橘公司
插畫：つなこ
譯者：竹子

發行人：台灣角川股份有限公司
總監：呂慧君
總編輯：蔡佩芬
主編：林秀儒
編輯：孫千棻
設計指導：陳晞叡
美術設計：吳佳昫
印務：李明修（主任）、張加恩（主任）、張凱棋

發行所：台灣角川股份有限公司
地址：104台北市中山區松江路223號3樓
電話：（02）2515-3000
傳真：（02）2515-0033
網址：www.kadokawa.com.tw
劃撥帳戶：台灣角川股份有限公司
劃撥帳號：19487412
法律顧問：有澤法律事務所
製版：巨茂科技印刷有限公司
ISBN：978-986-287-818-7